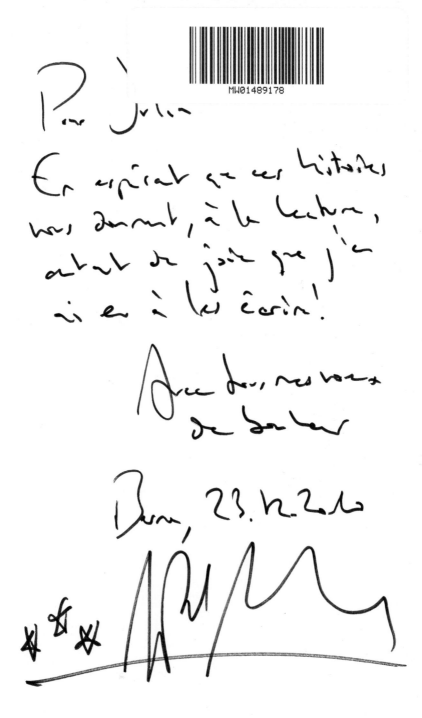

Pour Julien

En espérant que ces histoires vous donnent, à la lecture, autant de joie que j'en ai eu à les écrire!

Avec tous mes vœux de bonheur

Berne, 23.12.2010

***

Les moustaches d'Aristote

DU MÊME AUTEUR

Nouvelles du nord, 2004
Nouvelles

Aurore après l'amour, 2006
Roman

Un silence d'environ une demi-heure, 2007
Roman

Comme un lointain murmure, 2008
Roman

L'arbre et le vent, 2009
Poésie Haïku

Patte bleue et autres histoires de quartier, 2010
Nouvelles

Retrouvez toute l'actualité sur www.jpa.ch

Jean-Pascal Ansermoz

Les moustaches d'Aristote

nouvelles

Editions BOD

4ᶜ édition 2010

Copyright © 2008, *Jean-Pascal Ansermoz*

Editions **BOD**
12/14 rond point des Champs Elysées
75008 Paris, France
Imprimé par Books on Demand GmbH, Norderstedt, Allemagne
Tous les droits réservés

ISBN : 978-2-8106-0050-2

Couverture : AZ Productions, Fribourg, Suisse
Photo auteur : Isabelle Ansermoz
Illustrations: Cécile Eyen
www.cecileeyen.net

A Félix et Violette Ansermoz,
mes grands-parents

« Je devine, à travers un murmure,
Le contour subtil des voix anciennes
Et dans les lueurs musiciennes
Amour pâle, une aurore future ! »

[Verlaine, *Romances sans paroles*]

Prologue

Ari a dit

Qu'est-ce que le principe constitutif du vivant ?
Je me suis longtemps posé cette question. À savoir les rapports entre l'âme et le corps. Est-ce que nous pouvons allègrement séparer les deux ? Si oui dans quelle mesure est-ce que cette combinaison est contre-nature ? Quel est l'instrument de qui ? Est-ce que l'âme continue à vivre au-delà de la mort du corps, véhicule pour les uns et unique vérité pour les autres ?

À vrai dire, je n'ai pas encore trouvé de réponses à ce dilemme.

Ah, au fait, je me présente : je m'appelle Aristote, Ari pour les intimes. C'est vrai que j'aurais dû commencer par là. On me dit grand matou, moi je me dis épris de liberté. On me dit gourmand alors que je suis gourmet. Et si je ne mange que peu de chose à la maison, c'est que je suis partout chez moi. Et selon les jours, les odeurs du restaurant d'en bas sont beaucoup plus intéressantes que les pauvres croquettes bio pour chat d'intérieur que je reçois dans une jolie coupelle argentée. C'est comme ça.

Le bonheur est dans ma cité. Depuis longtemps. Malheureusement, les gens ne s'en aperçoivent pas forcément. Mais moi oui. Moi j'observe et je raconte. Je suis à l'image de ces grands livres qui traînent un peu partout dans la maison : Gros, remplis d'histoires et porteurs de mémoire. Ce que les autres ont depuis longtemps oublié, moi je le sais encore. Je me rappelle avec une facilité féline les évènements. Je suis un sage quelque part et la sagesse me le rend bien. À chaque fois que je rencontre quelqu'un, je m'en fais un ami. C'est comme ça. Je suis socialement doué et le confident de passablement de monde dans le quartier. J'ai appris une chose en écoutant la vie parler au travers des autres : *Toute passion et toute action s'accompagnent logiquement de plaisir et de peine.*

Un jour j'ai eu envie de vous faire partager ces moments. Je vous emmène ?

C'était son anniversaire

Hier, Pierre m'a fait la gueule. Oh je ne sais pas pour quelle raison. C'est vrai que je me suis montrée un peu jalouse, mais juste un peu. Il faut dire qu'il regarde presque toutes les femmes qui passent et il aime être en leur compagnie. Et ça me fout les boules pour rester polie.

Pierre et moi, c'est une longue histoire de clins d'œil. Il m'a plu depuis le début. Nous sommes arrivés ici à peu près en même temps et il fait bon partager le temps avec quelqu'un d'autre qui en plus éprouve la même déstabilisation que vous. Je me souviens c'était lors d'un dîner dans la grande salle. Il a tourné la tête, regardé par-dessus son épaule. Il m'a regardé. Je lui ai souri. Il m'a rendu mon sourire. Et là, je lui ai fait un clin d'œil. À vrai dire, je ne sais pas pourquoi j'ai fait ça. Mais son sourire s'est agrandi. Puis il s'est retourné. Rien qu'à penser à cette rencontre mon cœur se remplit de bonheur. Il me comprend. Sans un mot. Sur un simple regard. Simplement comme cela. Il m'accepte. Sans raison. Simplement comme cela.

J'enfile ma jaquette dans le couloir. Le dîner est terminé. Il est temps pour une promenade dehors. Je demande à Natasha. Elle me sourit et me dit que c'est bien. Je lui souris et je pense qu'elle aussi, faudrait qu'elle fasse attention. Pierre l'aime bien avec sa petite blouse blanche et sa trentaine d'années. Puis je le vois devant moi, un journal sous le bras, essayant de mettre son manteau. Je lui prends le journal de sous le bras, le laisse s'habiller, puis le lui redonne. Tu me dis merci. Ça me fait du bien. Mon cœur bat pour toi. Bat-il trop fort ? Est-ce que tu l'entends me remplir les oreilles ?

Ils chauffent déjà les pièces en plein septembre ! Quelques-uns se sont endormis. L'éclairage contribue à la tiédeur ambiante. L'après-midi est vieille de 2 heures. Je transpire légèrement. Je n'aime pas transpirer. On nous fait écouter de la musique. Classique de préférence. C'était le concerto pour piano no 1 de Rachmaninov joué par Krystian Zimmerman. J'aime beaucoup. Cela me fait voyager dans le temps, dans les vents qui ont bercé ma vie, dans mes amours. Puis ils ont mis de la valse légère comme les feuilles qui commencent à tomber dehors. Et tu es venu vers moi. On a dansé, on a virevolté dans l'après-midi dominicale. Ils ont ouvert quelque peu les fenêtres. De l'air frais caresse ma peau à chaque fois que nous approchons de la clarté. Tu me tiens la taille, me guides avec ta main à hauteur d'épaules. Pourquoi le monde ne peut-il cesser d'exister dans ces moments-là ? Je ferme les yeux, me laisse tourner autour de ma joie, mon extase. Je sens la chaleur de cette pièce, l'odeur de ton corps, la musique, ces endroits où nos corps se touchent dans la pénombre. Changez-moi en statue de sel maintenant ! Mais comme toute chose, le morceau a une fin. On se sépare. Je te remercie. Tu me réponds que c'est toi qui me remercies. Alors que tu ne sais pas combien cela m'a fait du bien. Tu m'as invitée en premier. Tu m'as choisie pour cette danse, peut-être la dernière. Je te remercie du fond du cœur, en silence. Ma joie risque de m'imploser. Imaginez mon corps qui soudain s'affaisse sur lui-même avant d'être déchiqueté par cette explosion de bonheur. Il y aurait des morceaux de moi collés un peu partout, et surtout sur Pierre. Ainsi, il deviendrait ma terre promise, la terre où je pourrais m'endormir définitivement sans avoir peur de ne pas me réveiller le lendemain.

Tu as des soucis. Tu me prends à part. Je t'écoute, te regarde. Tu me regardes, tu me racontes tes soucis. Je réfléchis, te donne mes impressions, partage ton désarroi. Tu me rends utile à quelque chose. Je n'aimerais point te voir en souci. Qu'ils s'en aillent ! Je les chasse, en silence, par ma présence, peut-être. Tu me donnes un sentiment de sécurité. Je sens que tu apprécies ma compagnie, que tu te sens bien. Le pli sur ton front a disparu. Tes doigts ne courent plus nerveusement sur la table. Ta respiration se fait plus longue. Je ne suis donc pas tout à fait inutile.

Un jour tu ne viens pas manger à la cantine. On me dit que tu es resté au lit. Une légère baisse de tension me dit-on. Quelque chose me manque : ta place à table reste vide de sens puisque tu n'y es pas.

Nous mangeons ensemble à midi. Pause de midi. Pendant que je mange lentement, tu me racontes tes passe-temps. Les impressions et faits qui t'y ont poussé, à la découverte. Tu es jeune, tu rajeunis. Pas trop s'il te plaît, car je te perdrais. Et Natasha rôde ! Je l'ai à l'œil celle-là, avec ses sourires et sa bonne humeur. A croire que rien ne lui arrive de triste dans la vie. Mais gentiment je commence à la comprendre. Et je rajeunis aussi. Tu me racontes tes lectures. Ton assiette refroidit lentement. J'écoute ta voix, les intonations, l'accent. Je regarde ta frimousse et je lis entre les lignes dont la vie a marqué ton visage. L'éclat de tes yeux, ce vert pâle qui pourtant bouillonne du plaisir de partager. Ta joie de vivre me redonne du courage, m'aide à vivre ma vie, à me réjouir des petits bonheurs quotidiens. Et sans le savoir. Mes sentiments pour toi grandissent tous les jours. Lorsque je te vois, ma joie revient et demeure. Et j'oublie tout le reste, ma fatigue, mon deuil, ma chambre blanche, le lit hydraulique. Tu es là, une présence, pour moi.

Hier, Pierre ne m'a pas fait la gueule. À vrai dire, je ne lui ai pas parlé. Et aujourd'hui je ne lui ai pas parlé non plus. Et pourtant c'est son jour. Ce soir je lui dirai, promis. C'est vrai qu'il ne se jettera jamais dans mes bras. Il me respecte. Il a la classe de savoir la distance qu'il faut à mon amour pour grandir. Il sait la maintenir. Et il m'a déjà embrassé sur la joue. Il éprouve de la tendresse pour moi et ce jusqu'au clin d'œil qu'il me fait parfois. En honneur à notre première rencontre.

Et aujourd'hui c'est son jour. Lorsqu'il soufflera les bougies pour son 87e anniversaire ce soir, je lui dirai, c'est promis, je lui dirai tout.

Ari a dit

- Salut poilu ! Ça va bien ?
Chat va bien, merci. Je t'en foutrai des poils, va !
- Regarde ce que je t'ai apporté, fin gourmet que tu es !
Gourmand, mon vieux, gourmand
- Mais avec tout ce que tu bouffes on pourrait même dire que tu es gourmand.
C'est ça, c'est ça.
- Attends quand même que j'aie sorti ce truc de la boîte de conserve... Oh zut, la fermeture a cassé ! ... hum... attends, je vais l'ouvrir avec un ouvre-boîte... voilà... une petite coupelle... une fourchette... j'étale le tout... voilà Ari, et bon appétit !

Il tourne les talons et s'en va courir après son travail. Une porte claque. Le silence. Je renifle un peu ce qu'il me propose et opte pour les restes de poulet du troisième. Elle est dans sa cuisine depuis ce matin et ça sent déjà passablement bon. Je tourne donc le dos à la gamelle et vais m'installer sur le rebord de la fenêtre, au soleil : J'ai envie de me laver les pattes. De toute façon, il ne m'en voudra pas de ne pas avoir sauté de joie. *L'amitié est une forme d'égalité comparable à la justice. Chacun rend à l'autre des bienfaits semblables à ceux qu'il a reçus.* Il s'en remettra. Une fois que la pâtée aura séché, il la jettera avec un grand soupir. Et la prochaine fois il me ramènera des courses une autre boîte, d'une autre marque connue, sans persil (et Dieu sait que je lui suis reconnaissant pour ça) en espérant avoir découvert LA bouffe qui me conviendrait à coup sûr.

Un oignon m'a dit

Existe-t-il un lien fondamental entre le fait que nous sommes apparemment seuls dans l'univers (du moins, c'est ce que nous retirons des nombreuses études qui ont été faites afin de prouver l'inexistence de traces de vie dans notre système solaire) et pourquoi on pleure en épluchant les oignons ? Pas a priori, vous allez me répondre. N'en soyez pas si sûr !

J'étais justement en train de me battre avec l'envie montante de pleurer en coupant les oignons sur la table de ma cuisine, tout en regardant d'un œil distrait la télé que j'avais allumée afin d'avoir un peu de compagnie, si ce n'était pour converser, du moins d'une manière auditive et visuelle (même s'il m'arrive certains soirs de parler avec Hugh Grant ou encore Brad Pitt). Je dois dire que les nouvelles ne sont jamais vraiment encourageantes, raison pour laquelle je me suis versé quelques larmes de Martini dans un verre. En y ajoutant les glaçons, mon nez s'est libéré et j'ai pu continuer à couper de fines lamelles de nostalgie en regardant la destruction massive dont notre planète mère est victime. Puis il y eut un reportage sur l'Afrique et moi j'ai arrêté de couper : plus on pleure, plus ça pique et plus ça pique, plus on pleure. La solution est alors dans la fuite en abandonnant le pauvre légume à son triste sort.

Mais je suis féroce et reviens à la charge rapidement. Ce n'est pas un petit légume blanc qui va me convaincre du contraire ! J'avais lu un jour que pour éplucher un oignon sans devoir pleurer il fallait se munir de lunettes de natation. Je me voyais déjà dans ma cuisine évitant les vagues d'assaut du légume, surfant sur les marées d'hilarité de mes éventuels visiteurs en leur expliquant que les cernes autour de mes yeux étaient le signe d'une bonne cuisinière et non pas le surplus d'une nuit agitée ou carrément l'œuvre de l'âge, ingrat dans ce cas-là, substitut du temps qui passe inexorablement. Pourtant, j'aime l'oignon pour ses capacités à réduire les risques cardio-vasculaires (ce qui me permet quelques excès d'ordre non sportif) ainsi que son combat contre l'élévation excessive du taux de sucre, ce qui me donne une excuse pour manger un peu plus de dessert et de ne pas avoir de complexes, à la cafétéria, de me servir une belle part de gâteau devant les yeux salivants des Miss Weight Watchers. On en a pour ses kilos où on n'en a pas, d'excuses et de culpabilités. On reste dans l'humide finalement, mais quelle joie de voir leur tête!

Quand on coupe un oignon en deux on s'aperçoit qu'il est fait de différentes couches superposées, toutes à peu près de la même épaisseur. Un peu comme les couches de ma vie qui, me semble-t-il, s'enlèvent au fur et à mesure que le légume blanc que je suis grandit. Un peu à la façon des taupes qui grandissent aussi sous terre, j'ai l'impression que ma vie s'est jouée en souterrain, quelque part dans les profondeurs de la part d'enfance qui me reste aujourd'hui et à laquelle je m'accroche désespérément, ce qui a fait fuir, entre nous soit dit, passablement de mes connaissances masculines. N'y a-t-il rien de plus beau qu'un légume blanc qui s'effeuille au clair de cette Lune qui l'habite et qui la rend quelque peu fragile au moins quelques jours par mois ? Quand je coupe de fines lamelles de ma vie je ne vois pas comment je suis arrivée à me supporter tout ce temps. Et alors, je comprends pourquoi personne d'autre n'y est arrivé. Il y a juste mon chien. Lui, il s'en tape des régimes et oméga 3, des cures de Vodka et d'ananas, des magazines de mode et du vieux chandail qui se trouve toujours dans mon armoire là où ma mère l'a rangé la dernière fois qu'elle est passée par ici. Lui il me supporte là où j'ai de la peine. Lui il me regarde là où je détourne les yeux.

J'ai grandi à l'ombre d'une jeune fille en fleur : ma sœur. Où moi j'étais connaisseur, elle était amateur, où moi j'étais douée elle était surdouée. C'était triste à se taper le cul par terre en sautant du dixième étage d'un gratte-ciel. Je suis arrivée après elle sur cette terre et je ne sais toujours pas pourquoi. Il me semble que dans la file d'attente devant le bureau du chômage technique divin, elle se trouvait derrière moi. Moi j'ai timbré et rempli le formulaire de demande de mutation pour les âmes égarées afin de pouvoir renaître, elle a dû être pistonnée par son ange gardien. Ce n'est pas possible autrement. Toujours est-il qu'elle a dû atterrir dans la même famille que moi et voilà que sa grâce et sa facilité de contact la mettaient en pôle position. J'étais dégoûtée par tant de splendeur. Il y a tellement de pauvres personnes qui n'ont pas été gratifiées par la nature, que ce soit d'un physique agréable ou d'une intelligence normale. Ma sœur elle avait tout ! C'est alors que je devins son ombre et ombre tu resteras !

Heureusement pour moi, l'univers qui nous héberge n'est pas très original; les lois physiques qui s'y appliquent sont rigoureuses et universelles. Et notamment la plus célèbre de toutes, celle qui nous permet de garder les pieds sur terre et la tête dans les étoiles.

Il s'agit en fait du phénomène par lequel deux corps, quelle que soit leur nature, s'attirent mutuellement en fonction de leur masse et de la distance qui les séparent. La force gravitationnelle qui résulte d'un objet s'applique uniformément dans toutes les directions. Que l'objet soit monstrueusement grand ou microscopique, qu'il soit intelligent ou beau ou les deux à la fois, il y a donc toujours un plus gros pour manger les plus petits. C'est parfaitement injuste, mais c'est ainsi. La gravitation autour de ma sœur prit de l'ampleur au fur et à mesure qu'elle grandissait. Et lorsque les garçons commencèrent à graviter autour d'elle je fus la première ravie, car quelque part, en tant qu'ombre qui se respecte, je devins la confidente d'un certain nombre d'entre eux, ce qui équilibra quelque part une certaine injustice ainsi que ma soif de vengeance. J'appris que de ne pas être belle n'est finalement pas plus un supplice que de l'être. Et le pain on le mange, qu'il soit blanc ou pas, du moment où on a faim. Ainsi, j'ai pu en consoler plus d'un qui s'était vu écarté du chemin de vie de ma sœur. J'ai appris dans l'ombre et je continue à aimer les oignons, car ils font pleurer ceux qui les aiment trop.

À la télévision une pub pour une crème antirides vient couper le flot incessant d'images pornographiques, de guerre et massacres divers, comme s'il fallait mettre un peu de souffle au milieu de cette réalité. Une crème antirides entre des visages ensanglantés et meurtris par des réalités qui les dépassent. Une crème antirides entre des visages affamés d'enfants en Afrique et les victimes des derniers attentats au Proche-Orient. Ainsi on vous promet que cette crème, appliquée régulièrement et grâce à sa composition d'actifs naturels marins hautement efficaces et parfaitement tolérés, bref que ce programme de soins exclusifs vous aidera à faire face à chacun des besoins quotidiens de votre peau. En offrant à votre épiderme des soins marins purs et sains, vous lui apportez l'essentiel pour une peau éclatante, rayonnante et en pleine santé. Puis on voit la peau éclatante et éclatée d'un enfant hospitalisé, car il jouait trop près de l'endroit où un martyr s'est envolé vers je ne sais quel ciel, emportant avec lui trois voitures, cinq soldats, trois femmes, un chien et quelques vitrines. Mais heureusement on a évité le pire. Heureusement.

Selon le dictionnaire, l'oignon est de la famille des liliacées comme l'ail ou le poireau. J'en ai gardé les couches multiples, le bassin large, peu de poitrine et le long cou. Ressemblant n'est-ce pas ? Est-ce qu'une certaine forme d'esprit fait qu'on a plus de chance de rencontrer son âme sœur ? Ma sœur fut le contraire : Bassin étroit, une poitrine généreuse et des yeux de biche. Le monde masculin fut aux petits oignons pour elle. À commencer par mon père qui, d'une masculinité parfaite, dès qu'elle eut atteint l'âge de douze ans, se montra extrêmement jaloux et suspicieux. Ainsi je servis plus d'une fois d'alibi pour sortir quelque part. Cela me réconforta avec la joie du pouvoir dont elle usait pour vaincre la vie. Dans son ombre il y avait un flottement qui me mettait à l'abri d'un trop grand bouleversement, une certaine distance qui désamorçait les situations émotionnelles. A chaque fois c'est elle qui se prenait le chagrin en pleine poire alors que moi j'héritais juste de quelques éclaboussures et avec un peu de chance du mec en larmes pour le consoler. Il y avait donc quelque chose de positif dans la beauté fatale de ma sœur.

Mais ne soyons pas trop sensibles. La terre est ronde parce qu'un jour une pierre un peu plus volumineuse que les autres a attiré vers elle ses proches. Elle devint ainsi de plus en plus grosse, son attraction s'est amplifiée vers l'âge de quatorze-quinze ans. Et moi j'ai continué à absorber tout autour d'elle ce qui était à ma portée et cela jusqu'à ce qu'il n'y ait plus rien d'abordable. Il en résulta au fond de moi une grosse boule cabossée de chagrins et de nostalgie et un appétit de plus en plus grand.

Mais plus elle grandissait, plus elle prenait de la distance, plus son ombre s'allongeait. Je ne grandissais plus, je ne voulais plus grandir. J'avais peur de la perdre. Puis j'ai commencé à la tuer, en pensée. Et souvent je mourais avec elle. Des jeux imaginaires où je combattais les méchants à coup de fusil ou de pistolet. Je mourus ainsi mille fois à côté de ma sœur et pour ma sœur et ce que j'y gagnais, c'était une solitude de plus. Puis un jour, elle s'en est allée de la maison et moi je suis restée.

C'est là que j'ai fait la rencontre d'un mâle bien poilu qui m'a sauvé de la noyade amoureuse. Il avait les pattes blanches, un museau comme une peinture de guerre, des yeux clairement revolver et de la tendresse plein les pattes. Et ça fait quatorze ans que ça dure. Il est toujours resté à mes côtés.

Je me souviens. Un jour, un choc : J'ai appris que les chats n'ont que sept vies. Ça m'effrayait. Je me suis alors posé la question de savoir combien de vies me restaient à moi qui suis morte tant de fois. D'âge en âge, cette boule de poils m'a aidé à faire le deuil de ma sœur et à sortir de ma propre ombre. Quelques mâles à deux pattes m'ont aidée dans ce sens, d'autres beaucoup moins. Ils m'ont laissé pour la plupart des essences volatiles d'une vie souhaitée, celle qu'on pleure à chaque départ sans jamais l'avoir eue. Comme les oignons. Ils se défendent par des essences volatiles qui se libèrent quand on coupe sa peau, quand on atteint sa chair, son cœur. Pourtant, l'oignon n'est pas conseillé aux personnes qui ont des problèmes de digestion de relations amoureuses rompues où d'autres sandwichs de bonheur qu'on mange trop vite tellement on a faim ! Car alors elle peut provoquer des ballonnements par ses composés soufrés. Il y a comme de l'eau dans le gaz dirait un autre.

Ainsi pour survivre il faut garder les amours à l'abri de trop de lumière et les oignons à l'abri de trop d'humidité. Un peu comme mes sentiments finalement.

J'ai fini de couper les oignons. À la télévision il y a de nouveau de la publicité. Une belle brune élancée. Et là ça me revient : j'ai oublié d'acheter les tomates. Je vais vite descendre pour en chercher chez l'épicier. La brune sur l'écran se retourne et fait voler ses cheveux dans tous les sens. C'est vrai, je n'ai plus de laque pour cheveux non plus.

Je l'achèterai en même temps.

Il est tard à présent. Je veux dire par là qu'il est environ sept heures du soir. Il se coule un bain. Il aime les bains et moi j'aime la mousse. Le téléphone sonne, il décroche.

Je m'installe sur le rebord de la fenêtre. *L'ignorant affirme, le savant doute, le sage réfléchit.* Il est ainsi de certaines vérités immuables. Dehors le jour décline. J'entends l'eau qui coule au fond du couloir. J'entends sa voix au téléphone. Ça doit être l'une de ses conquêtes féminines. Il a une autre voix lorsqu'il s'agit de sa mère.

Je vais faire un tour pour voir où en est la mousse. Elle est déjà à la hauteur de la baignoire et va, dans peu de temps la dépasser. Chouette ! Je vais vers lui pour lui signaler la bonne nouvelle, la queue toute frétillante, je me lance contre ses jambes en miaulant un peu.

- Ari, laisse-moi tranquille, je suis au téléphone !

Me voilà repoussé. Il se tourne vers un espace ailleurs. Je réitère mon envie et lui saute sur les genoux, mais d'un revers de la main il me dégage. J'ai un ego moi, je suis vite froissé. Alors, comme bien des frustrés dans cette maison je m'en vais croquer quelques croquettes. Puis, après avoir fait ma toilette, je vais à nouveau inspecter la salle de bains. L'eau a à présent atteint le bord de la baignoire et continue à couler tranquillement. Bon chat que je suis, je me dois de réagir et je vais donc avertir mon conjoint. Finalement, *l'homme n'est qu'un animal social*, non ?

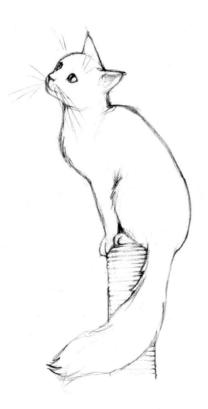

Je lui grimpe sur les genoux et lui file quelques coups de boule dans le coude, histoire de le rendre attentif au danger imminent. Mais décidément il ne veut rien savoir. Il me dit qu'il n'a pas que ça à faire... que je voyais bien qu'il était au téléphone...qu'il comptait sur ma compréhension... et j'en passe. Bon, après tout c'est lui qui a envie de se détendre, non ?

Finalement, l'eau a débordé et finalement il a raccroché son combiné. Une fois revenu à la salle de bains, il constate l'inondation, arrête l'eau, jure dans sa barbe inexistante, commence à éponger la catastrophe, plus détendu que jamais. Surtout qu'il n'a pas réussi à avoir un rendez-vous. Pas grave, on se fera une soirée en tête à tête.

En toute chose, c'est la fin qui est essentielle.

Il fait noir et j'ai peur

Il fait noir et j'ai peur.

Lorsqu'il y eut les premiers coups de feu, je me suis précipité dans l'ombre bienfaisante d'une grande maison mitoyenne qui devait, autrefois, être belle et imposante. Les années de guerre pourtant l'ont rendue fébrile, fragile, pleine de défaillance. Elle a dû souffrir : des traces de balles parsemaient ses flancs. Ici et là on voyait du sang qui s'incrustait au blanc d'autrefois. Des trous béants témoignaient des assauts qu'elle a dû subir et des larmes qui ont dû couler. Oh, je suis certain que les habitants d'autrefois, ceux et celles qui ont su reconnaître le drame avant qu'il ne se produise, sont partis à temps, laissant à l'abandon les choses, laissant derrière eux ceux et celles qui avaient moins de chance. Ceux et celles qui à présent hantent les murs abandonnés de tout espoir.

Malgré cette grande souffrance, la ruine m'accueillit dans son ombre, me rendant ainsi invisible aux éventuels agresseurs. Non que ces tirs m'eussent été destinés, mais j'ai appris la prudence et l'humilité depuis que les tempêtes de métal se déversent dans le pays. Je me suis accroupi par terre, essayant de voir à travers la poussière qui faisait écran suite aux tirs. Soudain un silence violent s'abattit sur mes épaules et je compris combien la maison a dû se sentir isolée. Pourtant, malgré la souffrance elle tenait bon, comme quoi le pardon est possible, même en tant que victime. Mais ce ne sera pas aujourd'hui que je vais tendre l'autre joue.

Décidé, je guette le moindre mouvement, le moindre reflet. Je ferme les yeux afin de distinguer les bruits habituels des bruissements suspects. Déplacer un corps fait toujours du bruit. Ne serait-ce que l'air déplacé par un mouvement trop rapide. Rien. Je rouvre les yeux, scanne par regard les ruelles, les coins des fenêtres à l'étage. Rien. J'attends. Et soudain, dans mon casque, une voix :
- Deux à trois heures, deux cent mètres.

Puis je m'élance, longe le mur, arrive au coin du bâtiment qui a de la peine à me laisser partir. Un découvert. Cent mètres de soleil brûlant sur du sable mouvant. J'attends.
- En position
- Je n'ai pas de visu
Puis soudain je vois. A deux cent mètres, au deuxième étage, une ombre.
-   Je croise

Sans attendre la réponse, je me précipite de l'autre côté, à l'abri. Parfois il ne faut pas trop réfléchir. L'intuition fait beaucoup de choses dans ce genre de situation. Aucun coup de feu n'a été tiré depuis tout à l'heure.

Je progresse à l'ombre des balcons. Doucement, sans me hâter et toutefois d'une manière régulière. Puis, à l'image des félins, je m'immobilise complètement. Attends une réaction dans l'environnement. Une ombre qui se déplace, un changement dans le champ d'énergie que je perçois clairement. Je deviens animal, je ne réfléchis plus. Comme un animal traqué, je renifle l'air. Je n'ai pas droit à l'erreur. Hier j'ai failli me faire avoir et les indices sont minimes, le temps de réaction raccourci. Chaque mouvement est pénible sous la chaleur. Je sens littéralement la sueur me couler dans le dos. Cent-cinquante mètres. Je me rapproche. Soudain un nouvel angle de vue me permet d'entrevoir mon équipier. Je m'arrête à environ dix mètres de l'objectif.

- Pas de mouvement
- Bien reçu

D'après mes calculs, je dois à présent m'adosser contre le bâtiment occupé. Je progresse jusqu'à la première fenêtre, sors un miroir de poche que je place de manière à pouvoir voir l'intérieur de la pièce. Je prends mon temps. Mais rien.

- Premier vide.

Je confirme, R.A.S rez-de-chaussée.

Je continue jusqu'à la deuxième fenêtre, brisée celle-ci. Par un poing ? Par une arme ? Est-ce par là qu'ils sont entrés pour s'installer au deuxième ?

Il y a des ciels qui impressionnent par leur foisonnement de nuages, par ce mouvement continu et si, en se mettant sur le dos dans l'herbe haute, on observe leur tessiture et l'éventail des possibles, la composition et recomposition de leur image, à défaut de leur voix, permettent d'entrevoir, dans un déchirement minime de leur consistance, un ciel bleu. Derrière ce ciel bleu, par moment, on sent qu'il y a autre chose. Comme les nuages masquent une réalité, la toile bleue nous cache parfois une possibilité d'un ailleurs, plus noir, mais aussi plus vaste. Sentir au-delà du gris le noir intersidéral permet de se sentir à sa place, aussi petite soit-elle. Il est important de se sentir au bord des choses, au bord du monde. Cela permet d'exister différemment. Il y a des silences qui se savourent.

Doucement j'actionne mon miroir. Aucun mouvement. Le battement de la fenêtre me permet d'entrer sans encombre dans le bâtiment en question. Pourtant j'hésite. Je ne sais pas combien de personnes sont là-haut, combien se sont enfermées. Je retiens mon souffle, écoute mon cœur battre, sens monter en moi l'adrénaline nécessaire afin d'entrer. Puis le moment est venu. Surtout ne pas penser. Agir. Je suis mouvement... Je saute par la fenêtre, me réceptionne sur l'épaule droite, roule. Derrière le bureau. Aucun bruit. Personne ne m'a vu entrer. Je chuchote dans mon micro.
- En position.
La réponse ne se fait pas attendre.
- Deux sujets, 2ème
- Bien reçu.

Je respire un moment, puis continue à m'approcher de la porte. Au-delà, j'entrevois la base de l'escalier qui monte. Deux personnes, deux soldats. Je me suis déjà vu en face d'un plus grand nombre et j'ai toujours réussi à m'en sortir. Deux personnes seulement. Mais j'ai une expérience et celle-ci me dit que ce sont justement les situations les plus simples en apparence qui ont la fâcheuse tendance à se retourner contre vous. Prudence. À la hauteur de la porte, je me colle contre le cadran, puis d'un mouvement rapide de va-et-vient j'inspecte sommairement la pièce adjacente. Personne. Puis j'entends des bruits au premier. Seraient-ils descendus d'un étage ?

Mon casque résonne :

- Mouvement au premier.

Je ne réponds pas, car je suis déjà en bas de l'escalier. Un escalier en bois. Pourvu qu'il ne grince pas. Je pose mes pieds le plus près du mur possible afin de ne pas faire de bruit. Première marche, deuxième marche. En haut rien ne bouge. Je suis à la moitié de l'escalier lorsque des coups de feu explosent la tranquillité de la maison. Ça raisonne comme si les murs allaient céder. Je comprends qu'un échange se fait avec l'extérieur et je profite du bruit pour monter rapidement le reste des marches. À contre-jour j'ai le temps de voir une silhouette près de la fenêtre. Un nouvel échange de feu. Je pars à couvert entre le battement de la porte et l'escalier qui monte au deuxième. C'est à ce moment précis que je me rends compte que je me suis piégé moi-même. Depuis en haut des pas se font entendre. Quelqu'un commence à descendre les marches. Je suis exposé sur le palier entre la porte vers la pièce qui donne sur la route et l'escalier. Un instant je regarde l'escalier qui descend, calcule la distance qui m'en sépare, me voit m'élancer pour revenir sur mes pas. Mais je sais que c'en est terminé, que rien ne pourra me sauver à présent. Et je me dis, dans ces quelques secondes qui précèdent l'inévitable, que dans la vraie vie c'est un peu pareil. On fait des choix puisqu'on doit les faire. Et parfois on aimerait revenir en arrière, mais on ne peut pas. Je baisse mon arme.

43

Soudain le noir, panne de courant, déconnexion.

Je regarde l'écran sombre devant moi, regarde autour de moi. La nuit est tombée et je n'ai rien vu de la journée entre le crépuscule d'hier et celui d'aujourd'hui. Y avait-il un peu de lumière ? J'enlève mon casque micro d'un geste las, l'accroche par-dessus la lampe de bureau éteinte. Les plombs ont sauté. Ça arrive souvent ces jours. La surcharge est trop forte, je sais.

Il fait noir et j'ai peur.

Ari a dit

- Tu as sorti les poubelles ?
- Quelles poubelles ?

Le fait vient en premier, c'est un point de départ. Ça fait maintenant trois semaines que nous sommes trois à l'appartement. Ce qui n'est pas pour me déplaire : J'ai deux fois plus de bouffe à disposition, et je ne vous parle même pas des coquineries !
- Ne me dis pas que tu as oublié les poubelles !
- Euh…

Aïe, ça se gâte….
- Alors là, bravo ! Maintenant on doit les garder jusqu'à la semaine prochaine.
- …

Il fut question un peu plus tôt dans la journée de journalistes et de bouchers. C'est vrai que quelque part ces métiers se ressemblent : les deux passent le temps à tuer le monde. Un peu comme moi je tue le temps. Sauf que là, c'est différent.
- Alors comme ça t'as oublié ce que je t'ai demandé ce matin ? Décidément, tu ne fais plus vraiment attention à moi.
- Comment ça ?
- Ben oui, si tu m'aimais vraiment comme avant, tu n'aurais pas oublié. Tu aurais compris que ce que je te demande est important pour moi.
- Mais ça l'est ! J'ai juste voulu finir…

- T'as juste voulu finir comme d'habitude, oui. Et un jour tu voudras juste finir notre histoire.

- Mais enfin, ce ne sont que des poubelles, chouchou !

Le boucher lui a une certaine éthique de son métier. Il fait en sorte que les animaux qu'il tue ne souffrent pas trop de leur mise à mort. Le journaliste lui, aimerait voir souffrir les animaux pour lesquels et sur lesquels il écrit. Il faut vendre dans les deux cas, c'est certain. D'une part, la viande est meilleure lorsque l'animal n'est pas trop stressé, à ce qu'il paraît. D'autre part plus il est stressé, plus cela fait vendre. Et la qualité dans tout ça ? Mais quelle qualité ?

- Toi, t'es bien un mec ! Non, mais c'est vrai quoi. Toujours le dernier mot et jamais une excuse !

- Mais je n'ai pas à m'excuser !

- Ah bon, tu trouves ? Moi qui m'attendais à un bisou ou à un geste tendre pour me montrer que tu es avec moi...

Finalement, il a soupiré en se levant. Il a plié son journal de désillusions. C'est bête de se disputer pour une histoire de poubelle. C'est encore plus con de vouloir lire un journal pour y découvrir une quelconque vérité.

J'adore le gratin dauphinois lorsqu'on y amène un peu de velouté par un fil de crème fraîche, mais je déteste lorsque le gratin est trafiqué émotionnellement, lorsqu'on y ajoute des produits de synthèse à haute valeur de conservation. On dit que les conservateurs gardent la nourriture fraîche et consommable plus longtemps. Mais c'est comme les nouvelles : à force de réchauffer le même plat, celui-ci perd de sa valeur nutritive.

- Écoute, on ne va tout de même pas se disputer à cause d'un sac de poubelle, non ?
- T'as raison, on est bêtes, hein ?
- Non, juste différent.
- Un peu qu'on l'est.
- Je descends les mettre à la cave jusqu'à la semaine prochaine, d'accord ?
- Merci chéri.

Ce que je déteste le plus, c'est la manipulation émotionnelle. Car l'univers est de nature spirituelle, comme l'amour. Et l'état amoureux est propice à l'évanouissement de l'individualité. C'est ce qu'il faut probablement dans ce monde : Plus de journalistes amoureux ou plus de bouchers affectueux.

Il descend les deux sacs poubelles. Il les entassera dans le réduit qui nous sert de cave en y ajoutant ses désillusions aux quatre autres sacs qui attendent la semaine prochaine depuis un mois.

J'ai vérifié.

Un rendez-vous avec Georges

Dans le silence du compartiment, un téléphone mobile commence à sonner. La musicalité de l'objet est à l'image de sa propriétaire: égocentrique et terne. Médusée, celle-ci reconnaît la mélodie et commence à fouiller dans son sac croco, faux croco, du moins autant qu'on peut, de nos jours, recréer synthétiquement la peau d'un animal. Finalement, elle met la main sur le téléphone qui sonne toujours. Elle regarde l'écran.

J'ai bien dit « médusée », car il y a dans cette image quelque chose en relation avec les poissons. D'une part le visage de la femme qui tient dans sa main le doux appel mélodieux et où on peut lire un étonnement ravi. Dans un aquarium, elle aurait sûrement fait des bulles à ce moment-là. D'autre part la mine déconfite de son voisin qui ne doit pas avoir les mêmes goûts en matière de musique. Dans un aquarium il se serait sûrement terré dans une plante, pourvu qu'on ne le voie plus !

Et dire que le portable sonne toujours. Les yeux médusés posent une question essentielle : mais qui est au bout du fil ? Et soudain voilà les fronts qui se creusent : elle fronce les sourcils dans un grand point d'interrogation, tandis que son voisin joue la ponctuation à la française: Accent aigu et accent grave pour les sourcils et circonflexe pour les lèvres. Les deux semblent étonnés de tant de sollicitude partagée.

Mais comment est-ce qu'on ose nous déranger en ce moment ?

Finalement, elle décide d'appuyer sur un bouton, porte le téléphone à son oreille en détournant le regard. Un sourire vient se greffer sur son visage, ses yeux cherchent un ancrage dehors. Mais il n'y a que des maisons, magasins et une foule de personnes stressées. Le mouvement est omniprésent.

- Allô oui ?

D'une voix hésitante, presque lasse. On ne sait jamais. Des fois ce qui est indiqué sur l'écran ne correspond pas à celui qui est au bout du fil. Méfiance. Petit regard de côté pour regarder si on est toujours le sujet de toutes les attentions. Apparemment oui, car le regard semble décoder l'accent circonflexe et l'apparenter à un compliment.

On gagne en intensité lorsqu'elle annonce d'une voix qui véhicule la vraie surprise :

- Georges ! Ça fait longtemps…t'es où ?

Et le silence de lui répondre qu'elle a toutes les oreilles pour elle.

- Moi aussi je pense souvent à toi.

Ah, voilà que ça devient intéressant. Le circonflexe s'adoucit, regarde la médusée qui parle à son Georges. Regards fuyants, passant de son visage à elle, au décor qui défile dehors.

- Attends, on est quel jour ? Déjà mercredi ? Le temps passe si vite… non ce soir je ne peux pas, demain, il me semble que j'ai déjà quelque chose, mais attends un moment... ne quitte pas.

Une nouvelle fois on peut admirer le contenu de son sac à main. Le combiné coincé entre l'épaule et son oreille, commentant le temps d'attente de bruits sonores qui ressemblent fortement aux premiers sons qu'ont dû faire les hommes vivants dans leur fourrure (à l'époque on avait de la considération pour les vraies fourrures, surtout je pense parce que les fausses fourrures n'existaient pas encore) dans les cavernes creusées à même la roche avant de les nommer consonnes. Parfois on retrouve ce genre de commentaire dans une ferme, en passant devant un pré où des vaches broutent tranquillement ou devant un bac de boue dans lequel des cochons s'en donnent à cœur joie.

Ainsi son sac à main contient, à part du maquillage, un livre, des tickets de caisse, un grand porte-monnaie noir et aussi un énorme agenda. De l'année courante, certes, c'est marqué dessus. Elle a pourtant de la peine avec son emploi du temps. Heureusement que ces quelques deux cent pages de vide rempli par du vide l'aident à structurer sa solitude. Une fois le sac à main reposé entre ses jambes, l'agenda et le stylo dans les mêmes couleurs devant elle, sur les genoux, après avoir gesticulé plutôt que bredouillé des excuses à son voisin pour l'avoir bousculé une première fois, puis lui avoir envoyé son coude dans les côtes, le tout accompagné d'un regard doux amer (que la vie est compliquée !) elle vérifie que Georges est toujours à l'écoute :
- Georges, t'es là ?

Apparemment, il l'attend depuis bien plus longtemps que les quelques minutes en ligne.

- Non écoute, cette semaine je suis débordée. Et la semaine prochaine ?

Froncement de sourcils. Elle se concentre. C'est important, un rendez-vous avec Georges.

Son psy vient de lui redire que le but de sa vie était de s'ouvrir à d'autres choses, mais pas à n'importe quel prix. Elle l'a admis. C'est vrai que les choses deviennent de plus en plus chères de nos jours. Alors qu'elle payait le café encore un euro dix l'année dernière et qu'elle arrivait à donner un euro cinquante (donc la grandeur de quarante centime d'euro de pourboire) elle était obligée, aujourd'hui de le payer deux euros soixante. Et là, plus de pourboire. Il est assez cher comme ça, le café ! Son problème à elle, toujours selon le même psy, c'était qu'elle se dissipait en faisant plein de choses en même temps et qu'elle en oubliait en chemin. D'ailleurs cet agenda c'était aussi une de ses idées à lui. Et c'est vrai qu'elle se sentait plus femme, plus importante depuis qu'elle notait ses rendez-vous. Très important d'être structuré quand on est célibataire, très important !

- Oui, la semaine prochaine je vais sortir avec Hélène le lundi, j'ai un dîner prévu avec mon chef et quelques clients de la boîte le mardi à midi et je dois faire les courses jeudi, mais sinon je suis disponible… hum, j'oublie quelque chose.

Silence, on écoute !

- Vendredi t'irais ? eh ben….Ah non, vendredi je ne peux pas non plus. J'ai la lessive. Ça me revient maintenant. D'ailleurs, je vais le noter de suite pour ne pas l'oublier à nouveau. Et après j'ai rendez-vous avec Caro pour un cours de yoga. Je ne t'avais pas dit ? Oui, je fais du yoga maintenant. Ça me donne de l'énergie, ça me détresse, ça me rend mon équilibre naturel. Tu sais j'ai des semaines chargées ces temps.

Petit regard circulaire. Oui, tout le monde l'écoute encore. Le regard se fixe de nouveau au-dehors quelque part.

- Bon ben…et mercredi ?

Silence, ça tourne !

- Le soir ? Bon d'accord, mais je ne vais pas faire trop tard. Ces temps je suis hyper fatiguée et j'ai besoin de sommeil. À quelle heure ? Dix-neuf heures ? D'accord. Alors à mercredi. …. Ça m'a fait plaisir de t'entendre, tu sais ! …oui bisous à toi aussi…Je me réjouis de te revoir. À bientôt… ciao… ciao !

Le regard rêveur, l'œil dans le vague, le sac à main posé entre les jambes, le téléphone portable dans la main droite, pendant qu'on maintient en équilibre le stylo et l'agenda posé sur les genoux avec la main gauche. Un instant rien ne se passe. La scène est figée.

En se levant pour sortir les pans de son manteau s'ouvrent légèrement. Elle porte un t-shirt ou un pull noir moulant sur lequel on peut lire en caractères blancs: *Freedom.*

Juste le temps d'un instant.

Ari a dit

Perdre quelque chose. Voilà une partie de la vie dont les humains ont de la peine à s'accoutumer. Moi c'est pas pareil ! Moi ce que je crains c'est de perdre quelque chose d'habituel, je suis un être d'habitudes. Et *la vertu morale est le produit de l'habitude.*

Je vous relate volontiers l'épisode où mon maître vénéré a cru en mes capacités artistiques simplement parce que j'avais pris l'habitude de lui répondre quand il me parlait. Alors il s'est mis à lire pleins de livres sur l'apprentissage des chats et il a commencé à m'apprendre un tas de trucs inutiles comme agiter la patte, ou ramener un objet (comme si j'étais un vulgaire chien !). Et ainsi de suite.

J'ai réfléchi longtemps avant d'obtempérer. Mais d'une, cela lui faisait plaisir et de deux, il me donnait à chaque fois une friandise exquise, si je faisais ce qu'il me demandait de faire. Seulement voilà, un beau jour il m'a emmené à un casting pour une publicité de terrine pour chat. Et là, c'en était trop !

Dire que s'ils m'avaient retenu, j'aurais dû quitter la maison le matin, dans cette corbeille de voyage inconfortable, me farcir une coiffeuse et des projecteurs et faire le pitre encore et encore pour enfin plaire à la 125e prise à un homme inconnu qui rêvait de célébrité et de Cannes ! Non, ce n'est pas pour moi. Alors quand au casting, ils m'ont demandé de montrer mes prédispositions, je me suis assis et je les ai regardés sans bouger. La patience n'étant pas le fort du metteur en scène, nous nous sommes vus quitter le plateau en suivant son invitation sans appel: *Au suivant*!

Une fois rentré, je vis mon maître s'effondrer dans son fauteuil. C'est vrai, je lui ai brisé son rêve. Alors je suis allé vers lui et je me suis frotté contre sa main et lorsqu'il m'a dit doucement qu'il ne fallait pas m'en faire, que je n'y pouvais rien, qu'après tout ce pauvre con n'avait tout simplement pas réussi à voir tout le potentiel qui était en moi, je lui ai répondu par un gentil miaulement de bonheur.

La totalité est plus que la somme des parties.

Je ne manquerai de rien

J'étais en train d'essuyer la vaisselle de la veille. J'avais les gants jaunes de circonstance et la vue depuis la fenêtre de la cuisine vers le jardinet qui sépare la petite maison individuelle de la route droite et bien entretenue. Les maisons se ressemblent dans ce quartier. Chacune a son petit bout de jardin devant et sur sa gauche, l'entrée pour les voitures qui est prolongée par un double garage. J'étais en train d'essuyer la vaisselle à la main, car la veille au soir, nous avions eu des invités à dîner. Alors, j'avais décidé de sortir la belle argenterie et on ne lave pas l'argenterie dans la machine. Les enfants avaient veillé tard et la nuit avait été bien trop courte, surtout pour le dernier, le benjamin de la bande, qui n'a que six ans cette année. Ou plutôt déjà six ans. Les journées passent à un rythme auquel j'ai de la peine à m'habituer. Tout va de plus en plus vite il me semble. Le plus grand des quatre enfants va bientôt commencer son cursus universitaire et dire qu'hier encore il m'a semblé qu'il apprenait à marcher ! Je deviens vieille, je crois.

En face Mme Blanchard était en train d'étendre le linge dehors. C'est vrai qu'il faisait passablement beau pour la saison. Je lui fis un geste de la main, amical, un sourire aussi, même si je savais qu'elle ne le verrait pas forcément, car elle est myope comme une taupe et refuse de porter des lunettes, au grand désespoir de son mari d'ailleurs. Elle me fit un signe à son tour et continua à suspendre des couleurs fraîchement lavées. Le quartier est calme et je m'y plais. Une fois les enfants partis pour l'école et mon mari pour son travail, j'ai mon programme à faire. Chaque jour a ainsi sa tâche principale. Le lundi la lessive et le repassage, le mardi les courses, le mercredi le ménage et ainsi de suite. Le jeudi j'ai ma journée rien qu'à moi. Celle où je peux faire ce que je veux. Alors parfois je vais chez le coiffeur, chez l'esthéticienne ou encore boire le café avec mes amies. Et ce rythme me réconforte, me donne la stabilité nécessaire. Il me fait du bien.

J'étais en train d'essuyer la vaisselle de la veille lorsque j'ai entendu la mobylette du facteur tourner au bout de la rue. Et bientôt je l'ai vu s'arrêter devant la boîte du voisin et puis devant la nôtre. Il a sorti un petit paquet de lettres et prospectus et il les a mis dans la boîte. D'un geste de la tête, il m'a saluée en m'apercevant dans la cuisine et je lui ai répondu. Puis il a enjambé sa moto et s'en est allé vers les autres habitations. C'est un brave type à ce qu'on dit. Et il vient toujours, qu'il pleuve ou qu'il vente. Il faut du courage, je pense. J'ai fini ma vaisselle, rangé le bassin en plastique orange dans l'armoire. J'ai passé un chiffon pour essuyer l'émail. Puis j'ai enlevé mes gants que j'ai suspendus au crochet qui leur est destiné depuis cinq ans. Un rapide coup d'œil sur l'horloge murale me fit penser qu'il était l'heure de me faire un café. Et avec le café, j'aime bien lire les publicités qui envahissent par moment les boîtes aux lettres. Surtout à la fin des grandes vacances ou encore en période de soldes. Je les lis et après je les jette, car mon mari n'aime pas du tout ce gaspillage, comme il le dit souvent. J'ai donc mis en route la machine à café et je suis sortie chercher le courrier. Une fois de retour j'ai sorti une tasse du placard et je me suis fait mon café. Noir. Sans lait, sans sucre. Amer. Ça fait sept ans que je le bois ainsi. Je m'y suis habituée, vous savez. Et maintenant je ne pourrais le boire autrement.

Confortablement installée dans mon fauteuil j'ai parcouru le tas de lettres et prospectus. J'ai trié toutes les enveloppes qui étaient adressées à mon mari. Je les mettrai en un seul tas vers l'entrée, à côté de la coupelle avec les clés, juste sous le miroir. C'est là qu'il les prend chaque soir, qu'il parcourt les arrivages en vitesse, une fois qu'il a posé son attaché-case par terre et jeté les clés dans la coupole. Je l'observe souvent dans le miroir, essayant de savoir s'il s'agit d'une bonne ou mauvaise nouvelle. Puis il enlève son manteau, le suspend et entre dans le salon pour me donner un baiser sur le front avant d'aller se servir quelque chose à boire. Oui, je les mettrai dans l'entrée plus tard.

J'ai choisi un prospectus qui vantait un magasin de meubles et lorsque je l'ai déplié, il y a une autre enveloppe qui est tombée par terre. Je l'ai ramassée et j'étais en train de la mettre sur le tas avec les autres, lorsque j'ai vu qu'elle m'était adressée à moi. J'ai froncé les sourcils, car il m'arrive rarement d'avoir du courrier. Parfois à mon anniversaire, parfois à Noël. J'ai tenu l'enveloppe dans la main un instant. Elle avait été postée à Sanary sur Mer. Ce fut comme une gifle. Ma main commençait à trembler et avec un peu de malchance j'aurais même renversé mon café. J'ai retourné l'enveloppe, regardé l'écriture, mais elle ne me disait rien. J'ai regardé le timbre postal encore une fois : la date n'était plus visible, mais l'année oui. Je lus 1987, il y a vingt ans en arrière. La lettre avait été postée il y a vingt ans !

Le temps est un concept élastique. Je me souviens que je suis revenue à la réalité lorsque mon fils aîné, relativement gêné, m'a pris l'épaule et m'a parlé doucement. La matinée avait passé et j'étais restée, l'enveloppe dans les mains, dans mon fauteuil, à contempler le timbre. Il était presque midi et les autres membres de la famille allaient rentrer pour le déjeuner. Un premier choc : Je n'avais rien préparé à manger ! Qu'allaient-ils dire ? Mais heureusement mon fils aîné sembla peu surpris et m'aida. Rapidement nous concoctâmes de quoi nourrir tout le monde et lorsque les derniers arrivèrent, je mis le grand plat sur la table, comme si de rien n'était. Pendant un certain temps, tout rentra dans la normalité. Et je lui fus reconnaissante qu'aucun mot ne soit prononcé quant à ce qui s'était passé.

Mais l'après-midi, une fois que la porte d'entrée fermée me laissa avec cette enveloppe cachetée que j'avais laissée auprès de mon fauteuil, je pris une profonde inspiration et je l'ouvris. Doucement, pour ne pas abîmer le contenu qui se présenterait à moi. Puis je dépliai la lettre manuscrite. Elle était datée du deux juillet 1987. Et j'eus un autre frisson. Des pans de souvenirs me giflèrent de plein fouet et je faillis perdre l'équilibre. Je m'assis assise et je lus :

Je ne manquerai de rien et je manquerai de toi…

Les larmes me montèrent aux yeux, comme autant de vagues qui, après une longue marée basse retrouvent enfin leur paysage d'origine, redonnant des couleurs au sable et remettant de la vie dans une nature qu'on croyait morte. J'étais submergée par une douceur, j'étais abandonnée à une infinie partie de mon histoire qui soudain reprenait son droit. La date, le lieu. Tout concordait. C'était avant. Avant mon mari, avant les enfants, avant que j'eus renoncé aux espoirs d'une jeunesse, avant que la réalité ait eu l'occasion de défaire les rêves qui jalonnaient une vie. *Bien avant.*

Je regardai les photos de famille encadrées sur le bord de la cheminée et sur le comptoir et toutes ces années repassèrent devant mes yeux à une vitesse folle. Tous ces sourires, ces visages, ces lieux qui font et défont et qui finalement fondent une famille. Toutes ces heures à croire, à espérer, à suivre un « peut-être ». Souvent je me suis posé la question de savoir ce qui serait advenu « si ». Mais plus on vit avec la même personne, plus on avance dans une relation, moins on se donne le droit de le faire, moins il y a besoin de le faire. On oublie parfois, on se souvient par moment, puis plus du tout. Mais est-ce qu'on peut vraiment oublier ? Plus j'avance en âge et moins je le crois.

1987. Une plage. Une ville en bordure de mer avec ses petites maisons colorées, la tour romane et cette vue sur l'infini, la mer ouverte aux différentes nuances de bleus. Les vacances. Un sourire comme Sean Connery dans les années soixante et un physique de sportif. Je me rappelle à présent. J'ai besoin de quelque chose à boire. Je me sers un verre de Vermouth. Puis un deuxième. Je n'ai pas envie de lire le reste de la lettre. Pas maintenant. Je vois encore le bateau blanc qui l'emmena. Il faisait beau. Il m'avait invitée, j'avais refusé. Je voulais rester sur la plage. Il faisait beau, un ciel immaculé. Puis le bateau est parti du quai. Il m'a fait un signe de la main et le sourire de Sean Connery. Et puis la grande bleue l'a avalé, lui, le bateau et son sourire.

On était le deux juillet et j'allais rentrer dans la maison que j'ai à présent héritée de mes parents.

Ari a dit

Quand j'étais plus petit, j'aimais jouer beaucoup, et ce au détriment de passablement de meubles, rideaux et autres ustensiles de rigueur dans un appartement. Le but était de m'entraîner à jouer avec ses nerfs et autres émotions extravagantes. Ainsi, *le commencement est beaucoup plus que la moitié de l'objectif.*

Je me souviens notamment du jour où, faisant mes exercices d'escalade de rideau quotidiens (à l'époque je faisais de l'exercice tous les jours), j'ai été à l'origine d'une cascade d'événements qui, après recul, s'avère plutôt cocasse.

A mi-parcours du rideau, il m'a découvert, tache tigrée au beau milieu d'un voile beige. Puisque j'étais encore petit et passablement inexpérimenté j'ai stoppé net mon ascension en le regardant arriver. Lui croyait voir dans cet arrêt une impossibilité de redescendre. Et puisqu'il y a quelque part au fond de lui un bon samaritain, il s'en est allé chercher un escabeau afin de venir me secourir. Seulement moi, j'en avais décidé autrement : une fois qu'il a eu les talons tournés, j'ai continué à grimper et me suis installé en équilibre fragile au sommet du voilage.

Du coup, l'escabeau fut trop petit pour qu'il puisse m'attraper. Alors il a eu une idée : Il a posé une autre chaise sur l'escabeau. Puis, avec beaucoup de peine, il a commencé à escalader la petite tour. Mais l'escalade n'est pas un sport pour tout le monde, croyez-en mon expérience. D'ailleurs depuis que j'ai pris quelques kilos en plus je ne m'aventure plus dans les sommets. Vu qu'il n'était pas plus équilibriste qu'escaladeur, la chaise à commencé à bouger dangereusement. Il a réussi à retrouver l'équilibre et est arrivé à ma hauteur, du moins pour quelques secondes. Car aussi rapidement que ses yeux sont arrivés à ma hauteur, aussi rapidement ont-ils disparu.

Dans un fracas improbable, la chaise a cédé. Voyant son équilibre mis en cause et craignant de tomber pour de bon, il s'est cramponné à la première chose qui était à portée de sa main : les rideaux beiges....

La surprise est l'épreuve du vrai courage. Et le courage prend parfois des allures pitoyables. Il y eut ce jour-là une chaise cassée, des rideaux arrachés, une fracture de la cheville et moi qui, voyant qu'il n'y avait plus grand-chose qui pouvait bouger, sautai au sol pour aller renifler mon compagnon d'infortune. Et je crois qu'il ne m'en voulut même pas tant. En tout cas, il n'a plus évoqué ce qui s'est passé depuis.

À ceux qui s'étonnaient des nouveaux rideaux verts, il expliquait qu'il avait eu marre d'une couleur aussi monotone que le beige. Les invités acquiesçaient en confirmant que le vert donnait une tout autre luminosité à la pièce.

Un dinosaure, un dimanche

Ce fut l'un de ces dimanches après-midi où le ciel baptise les alentours d'un gris aussi pâle que réel, aussi ennuyeux que les idées qui tournent en rond. En bref, ce fut un dimanche pluvieux à souhait et personne ne savait ce qu'il fallait faire pour ensoleiller le temps qu'on passait ensemble. D'ailleurs personne ne faisait rien pour changer quoi que ce soit.

Arthur fit des allers-retours entre sa chambre et le salon, lieu où les adultes s'affalaient dans les canapés dans des discussions longues et ennuyeuses. Finalement, au bout de quelques allers-retours, il s'immobilisa devant le chevalet en bois que son oncle lui avait offert et qui arrivait à lui changer les idées, même les plus moroses. En fait, à chaque fois qu'il prenait un pinceau et qu'il commençait à peindre, il lui semblait plonger dans un autre monde.

C'est difficile pour Arthur de décrire ce qui se passait exactement, mais il avait l'impression de changer d'univers, de changer de monde, d'y amener ses couleurs et ses envies. Il s'immobilisa devant une page blanche, prête à recueillir toute sa mauvaise humeur et son trop-plein d'idées noires. Il prit un pinceau, un peu d'eau et commença à dessiner le seul animal capable de le défendre, de le protéger du monde gris, seul animal capable de manger tout cru ce qui l'empêchait de rire aux éclats : un dinosaure !

La première fois qu'il vit l'une de ces créatures, c'était dans un livre et il l'avait adoptée de suite. D'abord dans des cauchemars, où il revenait sans cesse pour essayer de le manger. Puis il apprit que la plupart de ces géants ne mangeaient que des feuilles et des salades. Cela lui avait donné le courage, au cours de l'un de ces rêves, d'arrêter la chasse à l'homme dans laquelle il était le butin, de faire face au dinosaure et de lui proposer de jouer à un autre jeu. Étonnamment le dinosaure avait obtempéré et depuis ils étaient devenus amis. Ou presque. Depuis un certain temps, les apparitions de son ami se faisaient de plus en plus rares et Arthur, en grandissant, avait de moins en moins peur des choses et de la vie. Alors maintenant c'est l'ennui qu'ils chassaient à deux.

Gentiment l'animal prenait corps sous le pinceau. Il en avait dessinés tellement pour s'entraîner à faire honneur à son ami, qu'il voyait les traits à dessiner avant même qu'ils n'apparaissent sur le papier. Et chaque fois il lui semblait que l'animal gagnait en réalisme. Il le voyait en 3D, prenant corps et âme. Sous ses traits parfois naïfs, mais toujours appliqués, naquit pour la énième fois un dinosaure de génie : celui qui viendrait se nourrir des mauvaises pensées, de l'ennui, des nuages trop bas dehors. Et quand il aurait tout mangé, le soleil reviendrait et les adultes referaient attention à Arthur.

Pourquoi un dinosaure ? Parce qu'il était grand et fort, plus fort même qu'un adulte. Même Schwarzenegger n'aurait rien pu faire contre. Ça, c'est son papa qui le lui a dit. Arthur l'avait vu, Schwarzenegger, à la télé. Il se battait alors en peaux d'animaux avec une épée contre des méchants qui ne lui arrivaient pas à la cheville. Au propre comme au figuré. C'est normal de se considérer fort lorsqu'on se bat toujours contre plus petit que soi ! C'est un peu facile. Alors si Schwarzenegger était le plus fort des humains, personne ne pouvait se mesurer à un dinosaure qui était capable de manger les mauvais sentiments !

Il aimait aussi les dinosaures parce qu'ils avaient eu l'extrême intelligence de disparaître lorsque le monde n'avait plus besoin d'eux. On ne peut pas dire de même de tout le monde. Les enseignants par exemple, qui eux sont restés vivants, alors qu'ils ne font que donner des leçons à faire afin que les mercredis après-midi, pour une fois qu'on n'avait pas classe, on les passe à faire des calculs incompréhensibles ! Mais est-ce que quelqu'un aujourd'hui, à l'ère de l'ordinateur et de la télé numérique, se souvient encore de l'utilité d'une telle caste ? Arthur, du haut de ses huit ans et à l'unanimité avec lui-même (c'est comme ça qu'on dit en politique, non ?), a voté pour la réhabilitation des dinosaures au détriment des enseignants. Mais ça s'appelle une opinion personnelle qui ne regarde que celui qui l'exprime.

Arthur suspend son dessin et écoute. Des éclats de rire lui parviennent depuis le salon où les adultes persistent dans l'ignorance de son défi intérieur. Il écoute leurs voix s'entremêler telle une danse sonore qui prendrait appui sur les consonnes et les syllabes pour mieux rebondir dans les voyelles. Arthur ne comprend pas tout à fait la soudaine hilarité et se replonge dans les contours de son monde. Peut-être que son ami a déjà commencé à manger l'air morose de ce dimanche ? Après tout, il a déjà dessiné les dents et la bouche, peu importe si la queue n'est pas encore complètement réalisée.

Une fois le dessin terminé Arthur recule de quelques pas, penche la tête légèrement de côté, le pinceau toujours dans sa main, l'œil alerte. Ça fait adulte. Il a vu ça dans une émission à la télé : L'homme en question avait pris cette posture et pour Arthur ce fut alors une révélation. Depuis, il le faisait régulièrement, rajoutant ainsi le temps d'un instant quelques années supplémentaires à son âge. Ça fait grand, ça fait adulte ! Puis il entama le coloriage du dinosaure. Des couleurs il en avait, il en rêvait. Il suffisait de bien choisir à présent. Les yeux il les voulait d'un bleu clair. Comme ceux de Mme Destinée dans le livre que sa maman lui racontait le soir, avant de dormir.

Mme Destinée était une bien belle femme au regard d'azur. Depuis, le bleu était devenu la couleur préférée d'Arthur. Car le bleu donne de l'espace au cœur et les dinosaures avaient bien besoin d'espace pour vivre, car ils étaient grands. Et s'ils n'existaient plus sur cette terre c'est qu'ils n'avaient vraisemblablement plus eu assez de place. Ou peut-être que leurs yeux n'étaient pas bleus, tout simplement.

Mme Destinée en savait sûrement quelque chose, mais cette histoire faisait partie d'un autre livre qu'Arthur n'avait pas. L'histoire de Mme Destinée fut celle de l'aube qui se lève chaque jour, lorsque la nuit est la plus noire. En fait c'est une fée, une fée gentille qui se lève tôt, alors que tout le monde dort encore. Avec son index elle touche alors la voûte du ciel et y dépose une couleur légèrement plus claire que le noir. Doucement, comme si on mettait de l'eau dans du sirop, le ciel commence à s'éclaircir. D'abord noir, puis plus bleuté, violet, un peu de gris aussi. Les mélanges se font et se défont, puis une lumière apparaît. Une lumière qui s'intensifie. Mme Destinée, le doigt toujours collé au ciel commence à bercer la terre avec l'autre main, comme on berce un bébé endormi. Et soudain des sons naissent. Les oiseaux sont les premiers à se réveiller et à chanter. Le mouvement transmet ses ondes positives. Finalement, le soleil inonde de couleurs vives les derniers rêves qui se sont attardés au bord du monde. Alors Mme Destinée, arrivée à un bleu clair, enlève son doigt du firmament, souffle doucement sur les étoiles qui s'éteignent une à une. Puis elle sourit, car les volets de la fenêtre de la petite maison sur la colline viennent de s'ouvrir. On y voit apparaître un jeune garçon en pyjama, les mirettes encore pleines de sommeil qui, clignotant des yeux dans la belle lumière, redécouvre le bonheur d'un destin renouvelé : tout est encore là où le sommeil l'avait surpris.

Arthur a fini de colorier le dinosaure et il a ajouté un soleil et du ciel bleu, bleu comme les yeux de l'animal. Le soleil a des yeux et une bouche et le ciel contient un nuage blanc. Il y a soudain beaucoup de lumière dans l'image. Et peindre c'est faire lumière sur les choses.

De l'autre côté, il entend rire de plus en plus. Les voix sont devenues joyeuses. Et là il est sûr : le dinosaure a fait son travail puisqu'il a mangé toute la tristesse. Alors, le petit homme sourit, lui fait un clin d'œil complice et s'en va à toute allure rejoindre les siens.

Ari a dit

Nul homme heureux ne saurait devenir misérable, puisque jamais il n'accomplira des actions odieuses et viles.

Quand je suis arrivé ici, je venais forcément de l'extérieur. Qu'à cela ne tienne, j'avais quelquefois la nostalgie et j'éprouvais alors le besoin d'y retourner, de flâner aux endroits que j'avais connus jadis, de me remémorer les concerts improvisés pour les yeux d'une rousse ou d'une chartreuse du quartier.

Étant donné que ça ne faisait pas longtemps que j'avais élu domicile ici, mon ami et maître éprouvait une sorte de malaise psychique. Taraudé entre la mauvaise conscience de me laisser miauler derrière une porte fermée, de me voir m'appuyer contre pour l'ouvrir, il se demandait si j'étais heureux ou malheureux, si je me sentais à l'aise ou en prison !

C'est ainsi qu'au début il m'offrait, en contrepartie d'une semaine enfermé dans l'appartement (il avait trop peur des voitures, des maladies, des prédateurs dehors pour me laisser filer la journée, oubliant totalement que j'avais survécu dans cette jungle avant de le rencontrer), des petites vacances surveillées à la campagne le week-end. Nous allions ainsi tous les deux, lui en voiture et moi en corbeille spécialement aménagée, rejoindre ses parents et leur jardin typiquement anglais et donc typiquement ennuyeux. Comme vous le savez, cher lecteur, le jardin anglais a tendance à être tellement soigné qu'aucune herbe ne regarde là où elle ne devrait pas. Toute la nature est présentée sous forme et arrangée. C'est un peu la différence entre acheter une tête de salade qui vient d'être cueillie et une salade déjà précoupée en sachet : cela perd énormément de charme et souvent de goût !

Bien, nous allions donc nous reposer dans ce jardin où j'avais le droit, si l'envie m'en prenait, de me reposer au soleil, à l'extérieur, devant les regards admiratifs de toute la famille. Ils m'avaient même installé un coussin spécial pour moi que je feignais de ne pas voir. Ma condition de chat exige ce genre de sacrifice quelque part, ne trouvez-vous pas ?

Enfin tout cela pour vous dire qu'à chaque retour j'étais content de retrouver mon intérieur, sans les yeux braqués constamment sur moi, sans le souci de représentation que j'avais. Cela avait deux avantages certains : moi j'étais à nouveau content de ce que j'avais et lui avait compensé sa mauvaise conscience contre un week-end chez ses parents.

Et aucun homme heureux ne saurait devenir misérable...

Le garçon qui aimait les fleurs

Ce jour-là, je les sentis éclore. Partout en moi des fleurs d'Églantine grandissaient jusqu'à couvrir les steppes de mon cœur, les abords de mes artères.

Je les sentis pousser d'un coup, pendant la nuit et le matin je me réveillai amoureux. Non que j'affectionne particulièrement le rose en tant que couleur, mais il est vrai qu'il en émane une nostalgie aérienne qui va de pair avec le soudain changement de température que nous subissons. Prendre dix à quinze degrés en un week-end c'est un peu comme si quelqu'un avait mis la Terre dans une sorte de micro-ondes géant et qu'il avait activé le mode « décongélation ». Nos membres bien encagoulés, amorphes dans leurs plus petits désirs, soudain se réveillent presque trop rapidement et l'espoir recommence à circuler dans les veines déjà bleutées par le manque de chaleur.

Ce jour-là, des Églantines ont poussé dans mon ventre. J'ai aussitôt ouvert mon livre sur les fleurs à la rubrique « E » (les familles de fleurs y sont rangées par ordre alphabétique) et j'ai lu :
Églantine : Printemps. Début d'amour. Vous m'avez charmé, voulez-vous m'aimer ?

Du coup ma journée reçut de la lumière et je partis tout gaillard faire ma tournée matinale. Je suis facteur dans un petit village, je circule à vélo et je connais tout le monde. En revanche tout le monde me connaît aussi. Mais jusqu'à présent cela ne m'a jamais dérangé. Depuis peu, dans la maison qui se trouve un peu à l'extérieur du village, celle-là même avec les volets rouges et le grand jardin emmuré qui la prolonge, dans cette maison je vous dis, vit une étrangère, une nouvelle venue. Elle vient d'un autre pays à ce qu'on dit au café et a vécu des choses effroyables d'après ce que dit le boucher. Mais chez lui, c'est peut-être aussi le métier qui veut qu'il voie du sang partout. Je sais qu'elle parle le français, même si elle a un accent slave à couper au couteau. Elle me fascine, sa longue silhouette fine, ses cheveux clairs et ses mouvements me donnent grâce et force pour toute la journée de travail. C'est pourquoi je vais la voir chaque jour en premier. Souvent, elle me confie des lettres à envoyer. Elles sont toutes adressées à la même personne et étant donné qu'elle m'en donne parfois quatre ou cinq le même jour, vous comprenez que cela a éveillé ma curiosité. Ainsi, un matin, je vis qu'une de ces lettres n'était point fermée comme il se doit. Finalement, la curiosité l'a emporté sur la prudence. Je sais ce n'est pas bien, mais j'ai ouvert la lettre complètement, j'en ai sorti les feuilles et j'ai lu, mon vélo posé contre le talus et moi, assis dans la campagne. Dès les premiers mots, j'étais sous le charme d'une écriture amoureuse, d'un parfum d'orage de pluie d'été, d'un arc-en-ciel de couleurs délicates qui vivait de l'attente et de la contemplation. Elle utilisait des mots dont j'ignorais jusqu'à leur sens premier, mais qui formèrent, sous les yeux du lecteur amateur que je devins, des myriades de sensations dont je retrouvais les échos dans la nature du paysage. Je vis sa silhouette imaginaire penchée sur sa feuille, je la vis, prendre inspiration dans le jardin et transcrire le présent sur le feuillage tendre de ses pensées.

Ainsi chaque jour, je passais d'abord chez elle. Je lui tendais le courrier et prenais en charge le sien. Sans lui dire la passion que je ressentais, sans lui dire la jalousie que j'éprouvais en sachant que ces lignes ne m'étaient pas adressées. Une fois qu'elle avait refermé la porte, je partais aussitôt plus loin, dans un pâturage quelconque, où je m'arrêtais pour lire un amour en secret.

Évidemment, ma tournée fut écourtée de cette manière. Il ne me restait plus vraiment le temps de distribuer tout le courrier qui arrivait. J'ai donc dû faire un choix important. Et j'ai préféré mon heure de lecture amoureuse. Les lettres que je n'avais pas le temps de distribuer, je les gardais chez moi, en me disant qu'un jour je les distribuerais. D'ailleurs, je ne les ai pas ouvertes, ni rien. Juste stockées dans mon armoire dans l'entrée. Bien évidemment, les gens du village sont arrivées arrivèrent au bureau de poste. Finalement, la direction a demandé une enquête et on a découvert les lettres chez moi. Le reste, je vous laisse le soin de l'imaginer. J'ai perdu mon travail et ma réputation auprès des gens du village.

Ce jour-là, je les sentis éclore. Partout en moi des fleurs d'Églantine grandissaient jusqu'à couvrir les steppes de mon cœur, les abords de mes artères. Je les sentis pousser d'un coup, pendant la nuit et le matin je me réveillai amoureux. Non que j'affectionne particulièrement le rose en tant que couleur, mais il est vrai qu'il en émane une nostalgie aérienne qui va de pair avec le soudain changement de température que nous subissons.

Une fois habillé, je partis travailler, voire si les prémices de mon état sentimental concordaient avec la nature. Arrivé dans le jardin, je vis en effet que les premières pousses avaient percé la terre et que bientôt les fleurs allaient éclore.

Ah oui, je ne vous ai pas dit, mais la seule personne que je n'ai jamais déçue me fait à présent vivre. Bien entendu une fois que j'avais lu les lettres je les remettais dans leurs enveloppes et je les envoyais. À présent que je connais un peu son jardin intérieur, je m'occupe de son jardin extérieur, bien grand et entouré d'un mur pour le protéger. Ainsi parfois, lorsque je relève mes yeux vers la demeure, je la vois penchée sur une feuille, un stylo à la main. Puis elle regarde au-dehors, je la vois, prendre inspiration dans le jardin pour transcrire le présent sur le feuillage tendre de ses pensées.

Ari a dit

C'est de par leur caractère que les hommes sont ce qu'ils sont, mais c'est de par leurs actions qu'ils sont heureux, ou le contraire.

J'ai souvent vu des gens venir rendre visite à mon cher partenaire humain. Ils se mettent alors tous à parler dans un langage bizarre et enfantin dès qu'ils m'aperçoivent. Ça m'énerve ! Comme si un chat de quatre ans n'avait pas la maturité de comprendre un langage d'adulte. Par conséquent, je me venge différemment. Je leur fais la cour afin de solliciter leurs caresses et leur attention. Je saute sur leurs genoux afin de prendre possession de l'espace et de la conversation. J'aime quand les mots me caressent en même temps que les mains. Alors je me tourne sur le dos, j'offre ma bedaine, je frotte la tête contre leur main ou leur bras (de préférence lorsqu'ils essaient de boire un peu de leur café qui est en train de refroidir sur la table basse, histoire de tester leur adresse ou maladresse), je ronronne gentiment, distribuant des clins d'œil. Je pétris leur bel habit, j'effile les pulls tricotés et je fais des trous dans les pantalons en laissant mes marques dans la chair des jambes. Et tout ça en toute honnêteté.

Et puis soudain, sans préavis j'attaque, je me mets à griffer et à mordre sauvagement. Alors souvent la surprise se lit sur le visage de l'invité(e), l'incompréhension aussi et parfois la douleur. Puis je me sauve, moi le toutoutou, le beau minouminou, le chatchat qu'il est mimi-tout-plein.

Celui qui danse avec les abeilles

- Je te vois venir !

Sur ces mots, il m'avait ouvert grand la porte du restaurant afin de me laisser passer dans un élan de galanterie masculine peu habituelle.
   - Mais dis donc, tu es de bonne humeur toi !
   - C'est vrai que la vie danse aujourd'hui et j'ai envie de danser avec elle !
   - Je te vois venir. Je t'ennuie avec mes histoires de nana, hein ?

Il m'avait regardée un instant et son regard était devenu presque tendre. Et moi j'avais rougi et baissé les yeux. Il ne m'avait pas vraiment répondu, et quand j'y pense aujourd'hui, je me dis que j'ai peut-être tout interprété à la va-vite. Un peu comme on prend un train lorsqu'on sait qu'on est en retard : tel un dernier rempart avant la solitude du quai désert ! Mais au final, c'est bien à ce moment-là que j'ai su ce que j'allais faire de ma vie. C'est à ce moment-là que j'ai su qu'il me fallait écrire. Et tout ça, parce qu'il n'avait pas répondu à ma question. En fait plutôt parce qu'il n'a pas répondu ce *« non, pas du tout »* qui trahit souvent un sentiment d'ennui. Avec une telle réponse, j'aurais su que j'étais une mauvaise conteuse d'histoires, même si c'était là des histoires vécues et non inventées avec lesquelles j'entretenais la conversation.

Il était une fois un petit indien « peau rouge », comme on les appelait. Pour son anniversaire il reçut du chaman du village un petit tambourin sur lequel il commença aussitôt à produire du rythme.

Tout autour de lui, il vit que la vie en elle-même était un seul souffle, un seul rythme continu. Il vit que les choses naissaient, vivaient et disparaissaient. Ainsi allait-il avec les saisons qui se succédaient, avec le soleil et la nuit, les étoiles et la lune et même les plantes, les fleurs, les arbres. Tout ça, il le comprenait déjà lorsqu'il reçut le tambourin.

En le frappant de différentes manières il constata que derrière ces évolutions se trouvait autre chose, plus fort, plus dangereux aussi. En inventant ses propres rythmes, il sentit un changement s'opérer en lui. Il lui semblait que désormais la nature lui faisait moins peur, pire, il sentit que par moment, lorsqu'il avait tambouriné pendant des heures, il faisait partie de ce tout, de cette puissance. C'était un sentiment bizarre et peu habituel et il s'en méfiait au départ. Mais lorsqu'un profond bonheur et une grande paix s'installèrent en lui, il fit confiance.

Sa mère et la famille proche toutefois ne virent pas son art de la même manière. Un jour sa mère lui demanda d'aller faire du bruit ailleurs. Curieusement cela n'affecta pas l'humeur de notre ami qui s'en alla dans la forêt toute proche. Après une courte marche, il ne lui semblait pas être parti de la tente familiale depuis bien longtemps, il atteignit une clairière. Il y avait quelque chose de mystique dans ces lieux. Les arbres tout autour ne laissaient passer aucun son et aucune lumière. Leurs couronnes s'élevaient très haut dans l'air, à toucher le ciel qu'il percevait en levant la tête. Mais chose curieuse, il y avait quand même du soleil dans la clairière ! En effet, les feuillages des arbres formaient une sorte de couloir de lumière par lequel s'infiltraient les rayons du soleil. Et au beau milieu de ce soleil se trouvait une grande souche sur laquelle il parvint à lire son grand âge.

Une fois qu'il eut compté cent cercles et alors qu'il n'était même pas arrivé au milieu de la circonférence, il su que l'arbre était centenaire au minimum. Par respect il s'assit donc à côté, à même le sol, sortit son tambourin et commença à jouer. Il lui semblait que nul endroit ne se prêtait moins pour faire de la musique que cette clairière et nulle lumière n'accompagnait mieux les sons.

Elle s'arrête un instant dans son écriture. D'où vint ce curieux personnage ? Elle ne le sait pas. Depuis qu'elle écrit des histoires pour les enfants, de drôles de rencontres peuplent ses journées de travail. Elle s'imagine parfois une grande salle d'attente, comme chez le docteur, remplie de créatures et de sentiments qui attendent leur tour pour entrer, pour être écoutés et finalement couchés sur le papier. Ça la fait sourire. *Une salle d'attente, mais n'importe quoi ma fille !* Mais d'où venaient ce petit indien et son tambourin ? Il est vrai que chaque histoire a un fil rouge, un fil d'Ariane. Et Ariane a dû être une fille indienne, car chaque élément se suit, mais ne se ressemble pas. Chaque phrase s'emboîte dans l'autre sans pour autant l'effacer ou lui enlever quoi que ce soit. A la file indienne quoi !

Après quelques minutes, l'atmosphère changea. Il lui sembla que les arbres alentour, les herbes et toute vie présente l'écoutaient attentivement. Il se sentit plus léger et plein d'espoir. Puis émergea de la forêt une abeille qui vint se poser sur le tronc d'arbre. Elle ne semblait pas effrayée du tout, au contraire, et s'intéressa à ce qu'il faisait, car elle pencha légèrement sa tête sur la gauche, puis sur la droite, dans un mouvement d'aller et retour. Intrigué, le petit indien accéléra le rythme qui devint battement. L'abeille ne bougea pas. Elle commença même à se nettoyer ! Ainsi joua-t-il un moment en sa compagnie. Puis l'abeille s'éleva dans les airs et lui tourna autour plusieurs fois avant de s'engager dans une direction. Voyant que le petit ne semblait pas remarquer son remue-ménage, elle refit la même chose à maintes reprises jusqu'à ce que celui-ci comprenne son invitation. C'est alors qu'il se leva et la suivit.

L'abeille volait rapidement et le petit indien eut du mal à ne pas la perdre des yeux dans les sous-bois parfois denses dans lesquels il avait de la peine à se frayer un chemin. Ils traversèrent ainsi tout un pan de la forêt, une rivière, des champs à l'abandon et même une crevasse, pur produit de l'eau qui avait coulé et du temps qu'on lui avait laissé pour sculpter l'ensemble. Et c'était plutôt réussi. Finalement, derrière une petite colline pleine de mousse verte, le petit vit un village de ruches. L'abeille se dirigea vers le centre où une grande pierre l'incita presque à prendre place.

L'apis se jeta alors trois-quatre fois tête baissée contre le tambourin et l'indien comprit qu'il lui fallait jouer. Il commença gentiment, d'un rythme lent et sombre et passa de la tristesse à la mélancolie en y intercalant un peu d'espoir. Dès qu'il sentit le mouvement venu à quelque chose de plus léger, les abeilles sortirent de leurs ruches, et formèrent un cercle aérien autour du garçon. Bientôt il y en eu des milliers et des milliers qui lui tournaient autour. Mais, chose étrange, à aucun moment il n'éprouva de la peur. Il continua à jouer et jouer encore jusqu'à tomber de fatigue et de sommeil. Il s'endormit alors sur place.

L'histoire ne manqua pas de piquant, se dit-elle. Dehors elle voit la journée s'incliner et la lumière diminuer. Bientôt elle ne verrait plus rien sur sa table de travail. Elle allume une lampe, sent le besoin de boire quelque chose, mais se retient. Elle a envie d'aller aux toilettes aussi. Mais elle se retient. Encore quelques minutes seulement. Elle sent que l'histoire va se terminer bientôt et elle est curieuse de nature.

Lorsqu'il se réveilla quelques heures plus tard, la nuit avait installé ses quartiers. Au travers du feuillage il vit les étoiles briller. Il avait froid et tenta de se lever en s'appuyant sur la pierre et c'est alors qu'il mit sa main dans quelque chose de collant et de froid. Étonné il regarda sa main et vit qu'une sorte de liquide coulait le long de son avant-bras. Il renifla cette drôle de substance et vit qu'il s'en dégageait une odeur sucrée. En goûtant, il sentit du miel chatouiller ses papilles gustatives.

D'un coup, il se souvint de ce qui était arrivé et, tout content, il remplit une peau de bête qu'il portait toujours avec lui pour le cas où il trouverait des baies sauvages. Mais voilà, il ne savait plus où il était. Il s'engagea vers le nord d'abord, puis revint sur ses pas, essaya l'ouest et retourna pourtant encore aux ruches. Il se souvint alors d'un épisode où le chaman du village lui avait dit que les bruits portent plus loin la nuit que le jour. Il prit son tambourin et y apposa un rythme douloureux, comme si les larmes de quelqu'un qui avait perdu son chemin tombaient par terre. Après un moment il arrêta le mouvement. « Ça n'a pas de sens, c'est n'importe quoi mon garçon », pensa-t-il. Il était sur le point de se dire que passer la nuit dans cet endroit était la meilleure chose à faire lorsqu'il entendit comme un écho lointain à son tambourin. Intrigué il écouta : En effet, du rythme venait à lui à travers la forêt. D'un pas précipité, il s'en alla dans sa direction et chaque fois que le rythme cessait, c'est lui, le petit indien, qui se posait pour le reprendre. Ainsi eut-il vite fait de retrouver le village familial.

Lorsqu'il arriva enfin près du feu, il raconta son aventure. Mais personne ne voulut le croire sauf, vous l'avez probablement deviné, le chaman, celui qui savait parler avec les plantes, les animaux et les rêves. Mais lorsque le petit garçon sortit sa peau de buffle pleine de miel, les autres comprirent qu'il y avait du vrai dans son histoire. Pendant cette belle nuit étoilée, le petit indien à la peau presque rouge reçut son nom de guerre. Désormais il s'appellerait « Celui qui danse avec les abeilles ».

Arianne se lève, émue par la fin de l'histoire et par l'envie pressante qui la tenaille depuis peu. Une fois à la cuisine, elle se fait chauffer de l'eau, se prépare un thé, ouvre le placard, y prend machinalement le pot de miel, sort une cuillère, la remplit et la plonge dans le breuvage chaud. Ce n'est qu'une fois qu'elle a rangé le pot dans l'armoire qu'elle s'aperçoit de ce qu'elle a l'habitude de faire : remplacer le sucre par du miel ! Elle sourit, prend sa tasse, éteint la lumière de la cuisine et s'installe à nouveau derrière son bureau.

Et si vous ne me croyez pas, tendez l'oreille dans la forêt. Parfois, dans un silence grandissant on entend au loin comme un rythme, comme un souffle continu. Parfois on a alors l'impression que quelqu'un joue du tambourin. Parfois il s'agit d'un rythme lent et triste et parfois il est léger et gai à la fois. Comme un battement de cœur en somme. Comme la vie.

Ari a dit

Pourquoi les humains prennent-ils très souvent un animal de compagnie ? J'ai là peut-être un semblant d'explication:

Il était grand, elle plutôt petite de taille, un peu fine, un peu fragile. C'est ce qui lui a plu dès son premier regard prudent. Il aimerait bien lui parler, mais le bruit alentour l'en empêche tout autant que les quelques verres qu'il a dans le nez. Et puis il y a aussi la bande de copines qui se trémousse sur des rythmes binaires. Alors il se contente de la regarder à la dérobée, d'essayer d'attirer son attention avec des regards furtifs.

S'il avait été à la maison, il aurait pu, en la trouvant sur un site de rencontre, lui envoyer un mail, puis un texto, peut-être même une photo. Et il est sûr qu'elle aurait aimé son grand écran et ses tatouages, son goût pour la cuisine indienne et sa moto. Peut-être même qu'elle aime le même style de musique que lui ?

Il s'imagine les dimanches pluvieux à regarder la télévision, à se faire des petits plats et à rester sous la couette, bien au chaud d'un bonheur à deux. Il ferait un effort pour sortir moins avec ses copains et rester plus avec elle, c'est sûr, c'est promis. Car c'est sûrement ça qui a fait fuir son ex. Un jour il est rentré et elle est partie. Ses valises étaient bouclées. Elle est partie sans prendre avec elle les regrets et la tristesse d'un appartement vidé de sens.

Comme disaient ses copains, une de perdue, dix de retrouvées. Et ils avaient fait la fête dans l'appartement. De matins glauques en nuits de débauche, il en avait gagné, des concours arrosés de bières ou de vodka. Maintenant il était fort comme jamais et il avait fait d'énormes progrès en haltérophilie au grand étonnement de son partenaire d'entraînement qui le soupçonnait de prendre « quelque chose » pour. Il s'entraînait tous les jours maintenant. Il n'aimait pas rentrer à la maison après le travail. Il est le meilleur, c'est lui.

Puis il s'est acheté une nouvelle moto, l'intégrale de Johnny dont il passait les chansons d'amour en boucle, le soir ou au petit matin. Mais il ne pleurait jamais. Pas besoin quand on est fort.

Il était grand, elle plutôt petite de taille, un peu fine, un peu fragile. C'est ce qui lui a plu dès le premier regard prudent. Il aimerait bien lui parler, mais le bruit alentour l'empêche tout autant que les quelques verres qu'il a dans le nez. Et puis il y a aussi la bande de copines qui se trémousse sur des rythmes binaires. Alors il se contente de la regarder à la dérobée, d'essayer d'attirer son attention avec des regards furtifs.

La richesse consiste bien plus dans l'usage qu'on en fait que dans la possession.

Parce qu'il n'y a pas de raison

Alors, c'est comme ça que cela doit se terminer. Plus exactement c'est demain que cela aura lieu. On emportera sa vie pour ce qu'il en connaissait, ses biens aussi, si on considère une télévision achetée à crédit et la machine à café toute neuve comme tel. Ah, aussi le tableau qui habille depuis tellement longtemps le mur de son salon de couleurs qu'on va sûrement voir un carré blanc apparaître lorsqu'ils l'enlèveront. Réconfortant.

Il fait le tour du deux pièces-balcon, évoquant çà et là quelques fragments de souvenirs sans pour autant pouvoir se défaire du sentiment, qu'il n'a pu goûter qu'aux miettes d'un gâteau qui aurait dû le nourrir toute une vie. Il arpente les pièces qui demain seront vidées (d'ailleurs, il a déjà fait les cartons, passé l'aspirateur) comme un insomniaque arpente la nuit qui le fait souffrir.

Il s'arrête devant la vue imprenable qui a tant de fois fait pencher la balance en sa faveur lorsqu'il recevait à dîner l'une ou l'autre inconnue. La hauteur du balcon et les bulles de champagne. Même plus besoin de gingembre dans les plats. Depuis ici, même en pleine ville, on voit les étoiles, la nuit, et on peut presque les toucher lorsque la clarté d'un sentiment l'accompagne au-delà de ses envies. C'est pour dire ! Il soupire. Ce n'est pas facile.

Demain à huit heures au plus tard on sonnera à la porte et quelques hommes attendront qu'il leur ouvre. Quelques-uns en costard avec lunettes et chemises transparentes coloriées dans lesquelles se trouvent des adresses et des listes d'objets. Quelques-uns auront déjà remonté leurs manches en attendant de saisir des meubles et des bibelots. Demain il sera expulsé.

Il a tout tenté et il a tout perdu. Que faire ? Le dégoût et la révolte ont, depuis un certain temps déjà, laissé la place à une mélancolie grandissante, au fur et à mesure qu'il s'enfonçait dans la paperasse étatique, au fur et à mesure qu'il se fracassait avec moult énergie contre des portes entrouvertes en trompe-l'œil. Et demain il recommencera un autre voyage. Il ne lui restait que quelques heures avant ce départ irrévocable, par ordre d'huissier.

Lorsque la nuit tombe, il se verse un petit remontant. De l'alcool fort pour une bouteille peu chère. Ça le brûle dans la gorge, dans l'estomac. Il fait une grimace. Puis il va à la salle de bains se laver la figure, les mains, comme s'il voulait enlever de sa peau une certaine impureté accumulée, comme si on pouvait se laver d'une injustice avec un savon de Marseille. Il se regarde dans la glace, voit les gouttelettes d'eau longer son nez, tomber des sourcils en brousse, faire le contour de ses lèvres. Et en regardant cette eau soudain il se dit qu'il n'est pas encore trop mal pour son âge, que le livre de la vie n'a pas encore inscrit en lui cette part du destin que les gens remarquent, celle qui fait qu'on a l'impression que la personne n'a jamais ri de sa vie, ou pire, que la vie ne lui a jamais souri de son existence. Et ce serait dommage de ne pas en profiter une dernière fois. Dès demain il n'aura plus d'appartement, plus de toit pour s'abriter et plus d'argent non plus. Interdit de crédit et de revenus en quelque sorte.

Depuis qu'il sait que la vie le mène vers cette rupture il s'est surpris à regarder la pauvreté dans les rues, les SDF et les mendiants, prenant peur en voyant qu'il y en a bien plus qu'il ne pensait. Cette crainte a été confortée par des reportages télévisés sur l'abbé Pierre, dont le cri d'alarme est encore dans toutes les oreilles à défaut d'être dans les cœurs. Un autre soir il est tombé sur un documentaire dédié aux Restos du Cœur. L'année s'incline gentiment vers des journées plus froides et les nuits glaciales, et la perspective de devoir rester dehors l'effraie quelque part. Il se surprend à penser que la pauvreté, il n'est pas le seul à devoir en vivre. Ce qui le hante c'est ces visages marqués par le rejet et les humeurs des saisons, ces corps qui paraissent inertes, morts, au lever du jour, alors qu'ils ne font que de dormir dehors, à même le sol. Certains avec le luxe de pouvoir se poser sur un carton d'emballage de grande surface. Il a peur de vieillir ainsi de quelques années en quelques jours.

Il se regarde dans le miroir et se dit qu'aujourd'hui, ce soir, il est encore temps de profiter vraiment. Alors il rouvre l'un des cartons, en sort de quoi se raser de près, en ouvre un autre, prend une douche, se brosse les dents et les cheveux. Devant le seul miroir de son futur ex appartement, il ajuste sa cravate, tire sur les manches de son

101

costume, se trouve dans la peau d'un autre. Il est question d'une sortie, oui, mais d'une sortie avec classe.

À pied il part pour le casino non sans avoir vérifié que la pièce porte-bonheur, une pièce de monnaie dont il n'a jamais voulu se séparer, se trouve toujours dans son porte-monnaie. Il était temps à présent, de la jouer, de s'en séparer et de clore définitivement le chapitre financier. Et en plus, au casino, on pouvait boire gratuitement lorsqu'on jouait, à discrétion bien sûr.

Il est presque dix heures du soir lorsqu'il se présente à la porte. Il croit d'abord que les salles sont complètes: des videurs très bien habillés gardent l'entrée et quelques groupes de personnes attendent par-ci et par-là une ouverture des portes imaginaires. Sans hésiter, il trace à travers la foule. L'un des types lui fait signe de s'arrêter. Il obéit. L'autre le passe au détecteur de métal. Puis on lui fait signe qu'il peut entrer. Une « bonne soirée, monsieur » l'accompagne en haut des marches. Il se dirige vers les machines à sous, fait demi-tour et change la seule pièce qu'il possède à la caisse auprès d'une jolie brune filiforme et souriante. Une « bonne soirée, monsieur » l'invite à rejoindre les machines. Il y en a plusieurs rangées. Un instant il observe les rangs, les personnes qui jouent, voit un homme s'énerver, se décide d'aller vers lui. Arrivé à sa hauteur, celui-ci tape violemment sur la machine et se lève. Se tournant vers lui il lui lance d'un air outré :

- Rien à faire, je ne vous la conseille pas. C'est nul tout ça. Tous des voleurs !

Toutefois il est sûr que l'homme ne s'adresse pas vraiment à lui, mais à la terre entière. Qu'elle soit témoin !

- Je n'ai pas vraiment grand-chose à perdre, lui répond-il.

L'homme le regarde, interloqué et s'en va en grommelant quelque chose dont il ne retient que des mots comme « capitaliste » ou encore « saloperie de machine à la con », mots qui débutent une lignée d'explications tout aussi inaudibles qu'incompréhensibles. C'est fou ce qu'on peut être seul dans une foule de personnes.

Il en profite pour s'installer à ladite machine et sort le jeton de sa poche. Il le regarde un instant et se dit qu'il porte en quelque sorte tout ce qui lui arrive, et qu'en le jetant dans l'orifice de la gloutonne de machine, il va y jeter le reste de son désespoir et peut-être aussi le reste de sa vie. À ce moment un barman passe avec un plateau de champagne. Il tend la main et saisit une coupe. Dans sa tête il fait santé, boit une gorgée et lance la pièce dans la fente. Puis il tire le levier. Dans une orchestration programmée et une chorégraphie de lumières diverses, la machine se met en route. Devant lui trois roues commencent à tourner rapidement avant de perdre tout aussi rapidement leur vitesse. Il reprend une gorgée. Les roues tournent, la vie y a là son sens premier. Il ferme légèrement les yeux, savoure ce sentiment d'être en soudain accord avec son existence. Et là l'incroyable se produit. La machine stoppe, toutes les lumières s'allument, il y a du bruit partout. L'agitation sort de tous les côtés. Puis soudain il est entouré du personnel de la sécurité. Il se tourne vers l'un d'eux, un point d'interrogation sur le visage. Celui-ci, habitué à lire sur le visage des gens, lui sourit et lui fait comprendre qu'il a gagné. S'il voulait bien le suivre. Parcours sur tapis rouge, dans des couloirs dorés. Un bureau. Un homme, gros, assis, qui a visiblement trop chaud : un ventilateur sur pied brasse de l'air tiède. Il prend la feuille que lui tend son accompagnateur, jette un coup d'œil dessus, sort une liasse de billets et compte à voix haute. La voix se tait à 7500 euros. Il demande une signature. Les 7500 euros disparaissent dans une enveloppe neutre. Il la ferme et la lui tend. On lui propose de le raccompagner chez lui. Il donne son adresse. Peut-être pour la dernière fois. La berline noire le dépose devant son immeuble. Une fois sur le trottoir elle disparaît dans le brouillard de ce qui lui semble être un rêve. Une fois dans l'appartement il se sert un verre d'alcool fort, toujours d'une bouteille peu chère. Puis il vérifie la poche intérieure de son veston. L'enveloppe y est toujours.

La nuit bat son plein et un nouveau jour se lève. Immobile, sur son canapé, il essaie de réfléchir, mais rien ne vient. Il est trois heures du matin lorsque, après deux heures passées à ne rien faire, à ne rien pouvoir faire, il s'active soudainement. Les cartons volent en éclats, un foutoir pas possible. Puis il part, le bagage léger. Il ne prend même plus la peine de fermer son appartement à clé. D'ailleurs, il les a laissés près du lavabo de la cuisine.

Un train, puis un embarquement. Il s'envole vers la destination qui lui permet d'avoir le plus d'argent après avoir fait le change. Il décide de changer l'argent une fois sur place. Il calcule le montant qui sera à sa disposition, se dit qu'il en a bien assez, soustrait le montant qui lui permettra de bien vivre pendant quelques mois, ressort de l'aéroport, voit le sans-abri qu'il avait aperçu en arrivant à pied (c'est vrai qu'il aurait pu prendre un taxi, mais il y a des réflexes qui sont difficiles à perdre et on savoure tellement mieux les choses quand on va lentement), se dirige vers lui, s'agenouille, le regarde dans les yeux. Il y lit son histoire, voyant sa vie qui s'est arrêtée un beau jour parce qu'il n'avait plus les moyens pour se la payer, y lit le désespoir de devoir rester en marge du monde, le non futur présent, l'inertie destinée, alors qu'autour tout bouge et avance vers un avenir. Il lui prend la main, lui sourit, y dépose le surplus de billets, lui referme la main sur l'argent. Puis il se relève et avant de tourner les talons lui murmure:

- Parce qu'il n'y a pas de raisons...

Et sous les yeux ébahis du futur ex SDF, un ex futur SDF s'en va, le carton d'embarquement dans une main, un bagage mince dans l'autre. Car on vient de le prier par haut-parleur de se rendre à la porte 113. Et avec son nom s'il vous plaît.

Une sortie oui, mais avec classe.

Ari a dit

"*Unforgettable, that's what you are   Unforgettable though near or far   Like a song of love that clings to me   How the thought of you does things to me   Never before has someone been more*"

Loin d'être une manière de se motiver soi-même, la chanson de Nat King Cole trotte dans ma tête comme les secondes qui s'égrènent lorsqu'on n'a pas grand-chose à faire si ce n'est voir le monde évoluer un samedi après-midi. À peine ai-je pris place sur le bord de la fenêtre d'où je peux regarder passer les gens à loisir, que la vie m'écrit l'un de ces chapitres dont elle a le secret. Une rue commerçante des plus normales longe les bâtiments. Les commerces ont des yeux : des fenêtres montrent qu'il y a des habitations au-dessus des vitrines éclairées. Mais qui peut bien habiter un tel endroit ? Depuis l'extérieur les appartements semblent exigus et petits et ne donnent pas envie d'en savoir davantage. Pas de balcon, pas de vue. *Unforgettable in every way.* Et puis l'une des fenêtres s'ouvre. Une jeune femme en peignoir rose se penche au-dehors. Elle a les cheveux mouillés. Il le voit d'où il se trouve, car ils brillent dans la lumière du jour. Elle a un téléphone portable à la main et parle d'une manière enjouée. Elle le fascine dès son apparition rose dans cette étendue grise que forme l'extérieur des bâtiments. Elle agite la tête, regarde le ciel, puis le trottoir, penche la tête à droite, plisse les yeux. Puis elle se redresse, rentre à nouveau dans l'appartement en acquiesçant de la tête. Elle réapparaît à la fenêtre quelques secondes plus tard, se penche à nouveau comme pour mieux voir l'incessant va-et-vient de la rue commerçante.

Cela faisait longtemps que je la cherchais ce jour-là. Et voilà que je l'a trouvée: Un sourire dans ma journée, un sourire dans la solitude du monde. Un sourire rose dans un environnement gris. *Alors c'est vrai*, me dis-je. *La chance appartient à ceux qui croient être chanceux. Ou peut-être à ceux qui savent la reconnaître.*

Le désir est l'appétit de l'agréable, dixit le poète.

Faits divers

Cher Monsieur

Je vous écris suite à l'article qui vous est dédié dans les colonnes de « faits divers » du quotidien que je me permets de feuilleter chaque matin. À vrai dire, ce n'est pas le journal en question qui m'intéresse, je n'ai guère le choix puisque c'est le seul journal disponible dans le petit café où je vais me réveiller chaque matin, non, c'est plutôt le café et les lendemains glauques qui m'attirent dans ces lieux. Et pourtant je ne peux m'empêcher de l'ouvrir à chaque fois. Je me dis que si la mise en page est catastrophique et que les nouvelles sont rarement bonnes, je trouve au moins un peu de réconfort dans certaines pages, tel un chercheur d'or dans le désert aride de ce monde qui cherche l'étincelle de bonté et qui jamais ne se décourage, car s'il lui arrive de trouver une miette de bonheur, cela le rend riche et plein de confiance pour le jour qui vient. Ce n'est pas chose facile, croyez-en mon humble expérience, mais il y a toujours quelque chose à découvrir, ne serait-ce que les citations dans les pages mortuaires. Et parfois il y a dans le flot des mots inutiles, une phrase, un article, une annonce qui renvoie à cet espace qui nous échappe de plus en plus dans le vacarme des pleurs de ce monde.

Je vous ai écrit que mes lendemains sont glauques et j'aimerais que vous me compreniez bien : je ne bois pas et je ne fume pas. Si j'ai du mal, certains matins, à me lever, c'est dû la plupart du temps à ma vie nocturne et à ma drogue principale, la lecture, drogue dure souvent, car lorsque je me lève, j'ai du mal à revenir dans mon corps. Parfois il est 4 heures du matin, parfois plus tard encore, parfois j'ai les yeux qui me brûlent et pourtant je n'ai pas la force d'éteindre la lampe. Si ma raison me convainc de m'arrêter, alors mon esprit se rebelle et alors aucun mouton au monde, ni seul, ni en troupeau, accompagné d'un chien de berger ou pas, ne saurait me faire dormir. Alors je rallume ma lampe de chevet et je reprends le fil rouge de ma passion. Croyez-moi, ce n'est pas chose facile que d'avoir un passe-temps qui prend autant de place et d'ailleurs je vis seule depuis bien longtemps. Et surtout c'est une drogue qui coûte cher.

En librairie on me connaît. Comment oublier une cliente qui vient quasi chaque jour acheter un livre ? Toutefois, je me suis surprise à choisir mes lectures selon le nombre de pages. Avec l'âge, je supporte moins bien le manque de sommeil. Un livre à quatre cent pages m'entraîne dans les profondeurs du matin et parfois je vois le jour se lever en finissant les dernières pages. Car une chose est certaine : une fois que j'ai ouvert l'ouvrage, je ne peux plus m'en séparer avant d'avoir fini de le lire.

Le deuxième aspect est financier. J'arrive à un moment où je ne peux plus me permettre d'acheter un livre tous les jours. Vous devez sûrement en rire, du moins en sourire, car qui de nos jours ne peut s'offrir un livre ? Multipliez simplement quinze euros fois sept, puis fois quatre. Je dépense plus de quatre cent cinquante euros par mois en papier imprimé. Et parfois je ne mange pas pendant quelques jours afin de rattraper mon budget, simplement parce que j'ai opté pour un livre un peu plus cher et pas nécessairement plus épais. C'est pour dire. Et pendant que d'autres partent en vacances je tourne des pages dans la ville chaude et déserte, pendant les mois d'été, car renoncer à lire, c'est renoncer à vivre. De toute façon à quoi bon les vacances quand chaque nuit je me déplace dans le temps et l'espace ?

Ainsi lorsque j'ai lu votre contribution publiée dans les « faits divers », j'ai pris mon courage à deux mains.

Voilà pour ma situation, voilà pour ma bouteille à la mer.

Croyez, cher Monsieur, en mes considérations les plus humbles.

Madame

C'est avec une grande attention que j'ai reçu et lu votre lettre et permettez-moi, dans les quelques lignes qui suivent, de vous répondre. Ou plutôt d'essayer de vous répondre, car votre demande est tout sauf ordinaire et à vrai dire, c'est la première fois qu'on me pose la question en relation avec la littérature.

En préambule j'aimerais relever que le terme d'addiction est un anglicisme qui est utilisé depuis quelques années comme équivalent au mot dépendance ou parfois de toxicomanie ; il caractérise une envie irrépressible et une difficulté ou une impossibilité répétée à contrôler le besoin de l'objet addictif. Le sujet se livre à des conduites dites « addictives » et ceci souvent malgré la conscience aiguë des risques d'abus et de dépendance. L'addiction se rapporte autant à des produits qu'à des conduites telles que le « jeu compulsif », les conduites à risques et certaines formes de sports comme le surentraînement. La dépendance est un des facteurs servant à évaluer la dangerosité des drogues. Elle s'estime par les efforts déployés pour se procurer le produit et par l'énergie dépensée pour parvenir à l'abstinence. Elle est variable selon deux facteurs importants : les propriétés du produit (propriétés pharmacologiques, mode de consommation, degré de pureté, etc.) et la prédisposition de l'usager (personnalité, antécédent d'usage, situation personnelle, etc.)

Dans mon expérience, et en toute honnêteté, je dois vous avouer que la plupart des personnes dépendantes d'un produit doivent atteindre un point de leur volonté qui leur permet de se dire que la drogue en question les détruit. À partir de ce moment-là, une envie d'en finir s'installe. Elle donne naissance à une détermination qui permet d'aller de l'avant. Vous évoquez dans vos lignes deux points essentiels à mes yeux : les problèmes de santé dus à un manque de sommeil chronique et votre situation financière. La question qu'il faut vous poser est la suivante : est-ce que ces points sont, à vos yeux, assez importants pour arrêter de lire ? Si vous répondez par un oui, je vous conseille mon dernier ouvrage auquel fait allusion l'article du journal. Je me ferai un plaisir de vous l'envoyer si tel est votre souhait.

Sachez aussi qu'il existe des groupes d'entraide qui vous permettent de vous informer d'autres expériences, car arrêter une drogue est toujours difficile. Se sentir entouré est souvent facteur de motivation. Se soustraire à une habitude demande de l'endurance et n'est pas chose aisée et mes pensées vous accompagnent dans votre démarche.

Avec mes meilleures salutations

Monsieur

C'est avec beaucoup de hâte que j'ai ouvert l'enveloppe contenant votre réponse car je souffre. Depuis le jour où j'ai mis sur papier les quelques bribes de ma vie, j'ai découvert ma souffrance et j'ai essayé de m'en sortir. Je n'achète plus de livres. J'évite avec soin les quartiers à librairies et les centres commerciaux qui proposent la presse écrite. Les publicités et les journaux gratuits voyagent de la boîte aux lettres à la poubelle prévue à cet effet dans l'entrée de mon immeuble, sans passer par mon appartement. La seule chose que je continue à lire, c'est le journal le matin. D'une part parce que je ne l'aime pas, d'autre part parce que ça me rappelle l'article qui vous était consacré et donc mon espoir d'avoir bientôt de vos nouvelles.

Mais très vite l'ennui s'est installé en moi, puis des anxiétés ont fait de mes nuits leur domaine. Je ne vous parle pas des troubles du sommeil, des douleurs diffuses et des pensées obsédantes qui me hantent. Je vois des livres partout à présent ! Et à chaque fois que j'en vois un, mon rythme cardiaque augmente ce qui n'est pas sans créer des troubles au niveau de ma tension artérielle. Mon médecin est inquiet quant à l'évolution de mon état psychologique et je vois à présent un psychiatre deux fois par semaine.

Malgré cela je suis dans un état de tristesse constante et chaque geste de la vie quotidienne me demande deux fois plus d'énergie qu'auparavant. J'en ai parlé un peu autour de moi et les gens ne comprennent pas que je me mette dans un tel état. Ils parlent de dépression, du syndrome de « burn-out ». Et ça me fait peur, je l'avoue. Alors quand votre lettre est arrivée par courrier ce matin, j'ai, dans ma hâte, déchiré l'enveloppe et j'ai failli déchirer votre lettre avec !

Avec avidité j'ai parcouru les lignes que vous m'avez écrites et je vous l'avoue, celles-ci me causent un trouble grandissant. Vous me proposez en effet une méthode pour venir à bout de ma souffrance, mais sous la forme même qui me fait souffrir : un livre. Ayant longtemps parlé avec mon médecin traitant, je me suis décidé à vous le commander. J'accepte donc votre demande et je vous prie de bien vouloir me le faire parvenir. Et si je n'abuse pas trop de votre temps, je vous saurai gré de bien vouloir me le dédicacer. Déjà je me suis promis de ne lire qu'un chapitre par jour, afin de ne plus retomber dans le piège qui veut qu'on travaille dans la quantité et non plus dans la qualité. Selon mon psychiatre, il serait mieux que je ne me plonge pas trop longtemps à la fois dans les pages de votre livre. Il m'a conseillé aussi d'aller faire de longues promenades après la lecture, de parcourir quelques pages le matin et jamais le soir et si possible, de ne pas emporter l'ouvrage à la maison où je risque de récidiver. Je vais suivre son conseil et le laisser à ma place de travail.

En attendant, j'opte pour des magazines dont les articles ne sont pas trop longs un peu à l'image d'un fumeur qui opte pour une marque de cigarette moins forte en teneur de nicotine et de goudron. Mais je vous avoue que le goût n'est plus le même : souvent je m'ennuie à lire des sujets qui n'ont pas le temps, dans les quelques lignes qui leur sont octroyées, de développer l'intégralité de leur potentiel. Mais en attendant j'admets que cet exercice, si je ne le fais pas trop souvent et pas trop longtemps, me permet d'accepter ma dépendance à la presse écrite et me donne la possibilité de travailler une certaine discipline qui me permettra de mieux gérer ma « maladie ». Car si je ne peux pas éviter que des mots soient imprimés, je dois bien vivre avec la possibilité d'une rechute.

Dans l'attente de vos nouvelles, je vous prie de croire, Monsieur, en mes sentiments les meilleurs.

Madame

Voici donc en annexe un exemplaire dédicacé de mon dernier livre. Qu'il vous apporte le soutien et la force nécessaire pour créer un avenir sans dépendance ! Le courage et la force de vos mots me disent que vous êtes en bonne voie et j'espère que ma maigre expérience vous permettra d'ouvrir d'autres portes, jusque-là improbables. Et ne soyez pas pressée. Se défaire d'une habitude, d'un geste ou d'une façon de vivre passe forcément par des signes d'affaiblissement ou même d'épuisement. Le stimulus initial qui vous pousse aujourd'hui encore à lire si l'occasion vous en est donnée, s'estompera au fur et à mesure et ne vous redonnera plus la même satisfaction. Autrement dit, la diminution de la réponse implique nécessairement une capacité plus grande à supporter les effets du stimulus et donc une plus grande liberté. Vous êtes donc sur le bon chemin.

Je reste bien évidemment à votre entière disposition pour tout complément d'information.

Amicalement

Monsieur

Il y a une année maintenant j'ai reçu votre livre et je voudrais à présent vous remercier. Je n'ai plus besoin ni de médecin ni de psychiatre et j'arrive sans peine à aller dans une librairie et à sortir sans un livre sous le bras. D'ailleurs j'y vais de nouveau souvent. Je dors paisiblement la nuit et je me réveille toujours vers les quatre heures du matin. C'est là que ma journée de travail débute.

Une fois les premières peurs envolées j'ai entrepris de radicalement changer quelque chose dans ma vie, J'ai commencé à sortir plus, à me faire des liens sociaux et j'ai remarqué que ce contact m'avait beaucoup manqué. J'ai changé ma garde-robe et je porte aujourd'hui des couleurs que je ne portais même pas en rêve il y a une année encore. En quelques mots, j'ai appris à me refaire confiance, à me respecter pour ce que je suis, avec mes capacités et mes manques, mon histoire et mon avenir. Et votre livre a beaucoup contribué à ce changement. Je voulais que vous le sachiez.

Le plus grand changement toutefois est d'ordre professionnel. J'ai complètement changé de direction et me suis engagée dans un domaine qui me passionne depuis toujours. Après quelques mois difficiles durant lesquels j'ai dû lutter avec moi-même afin de m'intégrer dans ce nouveau domaine, j'ai finalement su me le rendre familier. Il me faut bien une grande dose de discipline, car je travaille seule et à la maison, mais de fil en aiguille, je me sens mieux que jamais. À présent j'ai l'honneur de vous remettre le premier de mes projets qui est achevé et de vous dire que vous êtes une des premières personnes à le tenir entre les mains. Ce sera ma façon de vous remercier pour votre soutien.

Avec mes meilleures salutations

P.S vous trouverez la dédicace qui est la vôtre à la fin de l'ouvrage…

Ari a dit

Vouloir prouver des choses qui sont claires d'elles-mêmes, c'est éclairer le jour avec une lampe.

Dans les grandes villes, il y a des histoires qui me touchent plus que d'autres. Il est vrai que de nos jours la communication entre les deux sexes devient difficile. Alors imaginez un peu une communication entre deux personnes du même sexe !

Et quand l'amour vient mêler aux sentiments un destin qui paraît évident, qui n'a pas à être prouvé, alors les choses se compliquent sérieusement. Se laisser glisser... se laisser aller, passer au-delà, de notre monde, de l'autre côté, là où tout se retrouve et se mélange.

Être, tout simplement être, attentif au présent, attentif aux autres, attentif à cette voix intérieure qui a tellement de mal à se faire comprendre dans ce vacarme qui nous entoure. Y chercher ce qui fait avancer, l'amour, la vie, l'espoir. Des images me viennent: c'est l'automne, les couleurs d'une promesse, une petite voix qui me dit : soit tranquille, il reviendra, il sera là toujours, tu n'es pas seul. Un tapis de couleurs dans lequel je marche sur des souvenirs de mélancolie, des pans de ma vie, des bouts de peau tatoués à l'encre du cœur, une respiration, profonde, depuis la nuit des temps, profonde. Et une seule envie : rêver... et rêver encore.

Rêver de lui, quelque part entre la réalité de nos vies et le monde rêvé où tout devient possible. Même notre histoire, même le monde idéal. Il y aura de l'abîme, certes, des abysses même, car il y aura une place pour tout. Une justice pour tout, une envie pour tout.

Je respire, je plane d'une envie à l'autre, comme on marche main dans la main sur un bord de plage dans un sentiment amoureux…

Bien à toi, avec toute ma tendresse

Sur les ailes d'un silence

Sous ma plume indolente, les mots s'égrènent en silence, posant devant mon regard un sentiment de profond espoir. Je ne savais pas que de tels paysages habitaient mon corps, mon âge. Et c'est le silence qui me les a soufflés : *avance, avance,* me disait-il, *n'aie pas peur !* Tout doucement, tout gentiment, comme une maman canard poussant de son bec son petit qui traîne, parfois, un peu trop dans les eaux profondes, et qui lui dit : *vas-y mon petit, ose !* Ballottée par le rythme du voyage, j'avance, je recule, je m'égare. Et qu'est-ce que ça fait du bien par moment de se laisser porter par les sentiments !

Il y a des mots qui s'échappent à ta présence, rayonnante dans le matin clair qui se lève sur notre nuit. Parfois, lorsque j'écoute bien le silence, il a comme des éclats de ton rire qui à l'infini ricoche sur les nouveaux murs de notre vie.

Dehors l'été fait rage par la pluie ou par la chaleur, dehors la guerre ravage plus d'un seul cœur par l'arme, par la souffrance ou par les deux. Dehors.

Et moi je sens qu'ici nous sommes à l'abri de trop de rêves. Est-ce qu'être amoureux, c'est vivre plus au présent ? Ton passé ne tourmente plus ton regard lumineux et je ne me fais plus de bile pour mon avenir. Ici nous sommes.

Dehors il faut veiller à se protéger du temps qui passe, des pièges économiques et sociaux. Dehors on ne peut plus faire de promenades dans certains quartiers, la nuit. Les loups sont de sortie. Dehors on ne peut plus partir, le sac à dos plein de souvenirs qui s'inscrivent à l'avance sur une carte géographique usée pour avoir été pliée encore et encore au gré des vagues.

Il y a des mots qui s'échappent à ta seule présence. Et pourtant je sens que tes ailes sont encore froissées par les trajets dehors, j'entends à ta respiration que ton âme a encore besoin de s'abreuver à quelques sources pour se remettre. Tes blessures mettent du temps à guérir et je sais que tu garderas des cicatrices. Comment pourrait-on oublier ?

Cependant, lorsque tu es entrée dans mon champ de conscience par un beau matin, je savais que la journée serait ensoleillée. Et tu es déjà bien belle, même fatiguée. Dehors un autre jour se lève et je me dis que depuis une semaine maintenant je vis en harmonie avec moi-même, avec mes rêves, avec ma vie.

Je me souviens de ce matin où je me suis levée la tête embrumée par les soucis d'une vie qui, traînante, me dépassait, qui faisait ressembler un matin à un autre, cycle éternel d'une passion oubliée. Parfois j'avais l'impression que même la météo ne voulait point changer. Lorsqu'on nous promettait un bel été, le soleil tardait à s'installer et lorsqu'il s'agissait de sortir les skis, les montagnes n'étaient point assez hautes dans ce pays pour accueillir suffisamment de neige ! De même allait mon cœur. Lorsque j'avais besoin d'un coup de soleil, aucune destinée ne semblait vouloir rester le temps qu'il aurait fallu pour créer ne serait-ce que quelques souvenirs desquels on aurait pu se nourrir par la suite. Oh, je ne demandais point une histoire de vie. J'avais juste besoin d'un peu plus de chaleur lorsque l'automne annonçait la solitude des soirées de pluie.

Je me suis levée la tête pleine de choses improbables et de détails sans importance et elle me semblait lourde à porter ainsi, au petit matin, dans un appartement froid. Je frissonnais en faisant le court passage de mon lit vers la salle de bains pour retrouver mon reflet dans la glace, reflet fatigué des jours semblables, fatigué des rythmes qui ne cessaient de gouverner ma vie.

La petite rose rouge que je me suis offerte avait perdu sa couleur et posait, la tête pendante, dans son vase étroit, près de la fenêtre. *Tiens*, je me suis dit, *les roses rouges deviennent grises avec l'âge.* Et je me suis souvenu d'une citation qui disait que les roses étaient si belles parce qu'elles ne savaient pas qu'elles allaient se faner. La mienne était absente du monde avant de perdre sa couleur. Je me suis fait un café chaud en regardant le jour se lever. Et sur les ailes du silence, les ombres de mon cœur virevoltaient dans un ciel de printemps. Mon premier soleil s'était couché ne faisant qu'une bouchée de mes sentiments. Il y avait deux ans maintenant. Et depuis le silence. Il est temps, me cria-t-il, il est temps ! Mais temps pour quoi ?

Plus tard dans la journée je me souviens avoir eu envie de sortir du bureau, à l'heure de la pause de dix heures, de braver les interdits, de me laisser aller dans une boulangerie. J'avais soif d'une tasse de thé, de nouveaux visages, du journal du matin et d'un croissant au chocolat. Une fois installée, tu m'es apparue. D'abord se fut le petit tintement de la clochette qui gardait la porte d'entrée, et puis une lumière, un ange, quelque chose. Tu m'as regardée un instant, puis un deuxième. Et même te faire bousculer par derrière ne semblait point te déranger, ni de rester plantée là, au beau milieu du passage des gens pressés. Tu es revenue à toi et tu as commandé. Et puis cette phrase a résonné dans mon silence :
- Sachez juste mon bonheur de vous voir.

J'étais trop surprise pour réagir et lorsque mon émotion laissa à ma raison la chance de revenir à moi, tu étais déjà partie. En coup de vent.

Tu m'as dit par la suite que chaque poème d'amour commençait par un « je t'aime », mais qu'il était difficile de contenir la peine qu'enfermaient ces mots-là. Et que c'est pour cette raison qu'il n'y avait que peu de gens qui le disaient. Pour moi cette première phrase en elle-même fut un poème, un baume qui pansait les brèches de mon cœur et qui donnait sens à toutes les solitudes du monde. C'était un matin, il y une semaine déjà, c'était le matin de ma deuxième naissance. Je courus à mon bureau pour noter ces mots et comme un mantra, je les ai gardés auprès de moi. Je découvris un autre amour, un autre que celui du souvenir, celui d'une absence qui égrenait le temps en plages de silences devant un verre de mélancolie lors de soirées de faiblesses. Celui-ci ressemblait plutôt à une bougie qu'on allume, qui se consume, certes, mais qui garde tout au long la chaleur et la clarté du moment premier.. *Charmée, oui, j'étais charmée.*

Se posait à moi une question des plus essentielles: Comment retrouver un visage parmi tant de visages, comment trouver le moyen dans une grande ville de reconnaître une personne, ne sachant qu'une seule chose: qu'elle m'était apparue ce matin-là, dans cette boulangerie-là ? Nous étions 4000 habitants dans ce quartier et ce genre de quartier il y en avait bien une dizaine dans cette ville ! Et puis avec le Métro, en quelques minutes, on pouvait se trouver bien loin. Et si tu n'étais que de passage ? Et si… ? Le propre de l'être humain est ce pouvoir de s'angoisser tout seul, de se créer un malheur qui n'existe pas, de faire d'un caillou une montagne. Je ne fais pas exception. Mon cœur se serra encore avant midi, à la simple pensée que notre rencontre pourrait être unique. Dans un siècle de communication, il n'y avait ni Internet, ni les portables, ni un fax qui pouvait me dire où tu étais allée. Alors que faire ? Peut-être que tu n'étais déjà plus en ville. Un avion avait pu t'emmener au loin, un train à grande vitesse t'emporter ailleurs.

J'avais peur, dans ces premières heures de notre relation et c'est rare de commencer une relation ainsi, je l'avoue. Oui, j'avais l'impression que notre relation était née à ce premier contact, déjà, dans la lumière vibrante d'une tasse de thé qui fumait. Et le goût du pain au chocolat frais, encore tiède. Je suis optimiste, c'est un fait. Mais la peur a tendance à paralyser. Je n'arrivais plus à réfléchir, à penser : j'ai pris une journée de congé. Et puis le matin, je me suis mise à la même table que la veille, j'ai commandé un thé et un croissant au chocolat. J'ai acheté un tas de journaux et j'ai pris un livre si jamais le temps s'étirait au-delà du supportable. Et j'ai attendu. Mais la matinée s'est terminée sans me donner la satisfaction de te revoir.

Pourtant dans ma tête j'avais déjà prévu un scénario, des mots, une attitude. Je ne voulais pas passer à côté de ma deuxième chance de faire une première impression. La veille j'avais été honteuse de n'avoir pas pu réagir à temps. Ce serait différent aujourd'hui. Je me suis habillée sans trop me dévoiler, des couleurs claires. Le bleu me va particulièrement bien, me dit-on. Il rappelle la couleur de mes yeux, me dit-on aussi. Le croissant au chocolat n'a pas le même goût que la veille. Peut-être que l'éphémère a du bon quelque part. Jamais je ne retrouverai le même moment. Impossible. De ce fait, il me faut découvrir dans chaque instant ce qui le rend exceptionnel. Ce matin, avec mon thé vert, attendant que tu réapparaisses, l'exceptionnel fut ton absence. Car aujourd'hui, contrairement à hier, je savais que tu existais, *je savais*.

Le lendemain je suis retournée au travail. Quelque chose me manquait. Et je savais quoi. Puis la journée eut une pause à midi. Et un café à quatre heures. Et puis elle finit. Je sortis de l'entreprise et je restai sur les quelques marches qui me séparaient du bitume, une main sur la main courante, l'autre tenant mon sac. Je suis restée là, à regarder à droite et à gauche. Comme si tout ceci n'avait plus guère d'importance. Je savais qu'il me fallait faire quelques courses, car mon réfrigérateur criait famine depuis une semaine déjà. Il y avait des gens qui allaient et venaient, leurs visages pleins de projets et de rendez-vous. Mais à quoi bon ?

Ce soir-là, j'ai longtemps regardé les étoiles, les quelques unes qu'il m'a été donné de voir entre la luminosité de la ville et le réverbère d'en face. Et puis j'ai ressenti cette immensité au-dessus de moi. Et je me suis sentie toute petite à nouveau. Je me suis lovée dans les bras de la nuit, sans allumer de lampe, sans enclencher la télévision. J'ai écouté les bruits de la rue, de la vie avoisinante. Vers deux heures du matin, un calme relatif s'est installé et c'est ce qui m'a réveillé, je pense. Peut-être ce n'était tout simplement que la fenêtre qui, dans un courant d'air, s'était refermée brutalement. Je m'étais assoupie dans un fauteuil. En fermant la fenêtre je vis une silhouette grise sur un mur gris : Un chat se promenait dans ma vie nocturne, il longea d'un pas élégant les fenêtres, rééquilibrant sa course s'il était amené à tomber, faisant mine de rien, faisant mine de ne pas remarquer les alentours. Un observateur extérieur aurait pu croire que le chat gris, sur un fond gris foncé était, en fait, une sorte d'apparition, comparable peut-être à une oasis en plein désert, le soleil en moins. Il aurait été habilité à penser que l'animal allait vers un but. Ces mouvements étaient fluides et légers et contrastaient avec la lourdeur ambiante. Ses pattes laissaient entrevoir son jeune âge. Ainsi il longea les toits, les balustrades de balcon, les bords de fenêtre et soudain il s'arrêta devant une lucarne légèrement ouverte. Avec son museau il poussa, mais la fenêtre résista. Il se mit alors sur ses pattes arrière et poussa avec ses deux membres avant en les appuyant sur le cadran qui commençait à bouger. La fenêtre s'ouvrit et il disparut, laissant le vasistas ouvert derrière lui, comme un ultime témoignage de son passage. Un instant j'étais un chat gris sur un mur gris.

Et puis le jour vint où je me fis à l'idée qu'un ange avait passé. Quelque part cela m'enlevait la peur d'être passée à côté de quelque chose. Comment perdre quelque chose qu'on n'a, pour ainsi dire, qu'imaginé ? Je me suis faite à l'idée sans pour autant perdre espoir : j'ai mis des annonces un peu partout sur les forums en mentionnant la date, l'heure et le lieu de la rencontre, en te décrivant. C'est là que je me suis aperçue qu'il ne me restait que peu de détail: une silhouette, la couleur des cheveux courts, l'expression de tes yeux et les mots prononcés. J'attendais fiévreusement un mail, un geste, un signe. J'ai relevé ma boîte toutes les vingt minutes, mais rien n'y fit. Oh, j'ai reçu des invitations diverses avec ou sans photo explicite, mais toi, le silence.

Le soleil s'inclinait une nouvelle fois. J'ai fait quelques heures supplémentaires. Mon appartement était peuplé d'espoirs. Je n'avais pas le cœur à rentrer. Je me souviens avoir éteint la photocopieuse en sortant, avoir balayé mon bureau, rangé avant d'éteindre les lumières. Je me souviens du bruit que faisait l'ascenseur en m'y engouffrant pour descendre les étages. Et puis la ville, à mes pieds, dans la clarté d'un soir. Il y avait du rouge et du jaune dans le ciel et quelques rayons se reflétaient encore dans les hautes tours en verre. Et au bas de l'escalier une silhouette. Même le dos tourné, j'ai su. De suite j'ai su, j'ai senti. Puis tu t'es retournée avec un sourire, invitation à l'espoir. Tout sera désormais permis. Tu avais apporté une rose rouge. Une de celle qui ne sait pas qu'elle est belle, une de celle qui ne fanera jamais. Tu as souri, m'a pris le bras. Le printemps était là, dans la lumière déclinante du jour, dans le reflet de tes yeux, dans ton absence passée, absence qui se justifie toujours quand elle rend la vie soudain plus belle encore.

Bonheur. Être.

C'était l'une de ces journées, belles et radieuses, comme ne peut la rendre que le printemps. Un ciel immaculé surplombait de sa joie de vivre une foule de gens qui commençaient gentiment à sortir de leur léthargie hivernale. Partout on voyait des curieux pointer leur nez face au soleil, retrouver l'habitude de marcher pendant la pause de midi, respirer à nouveau sans crainte d'attraper un refroidissement. Lui-même sentit ces changements et il les accueillit comme chaque année avec grand plaisir. Il avait décidé ce jour-là de passer sa pause dans un parc non loin de sa place de travail, au soleil, sur un banc, avec ou sans livre, peu importait finalement si ce n'est la chaleur et le bonheur d'être en vie et d'avoir un espace-temps à lui et rien qu'à lui (il faut parfois savoir être égoïste dans la vie).

Il avait bien entamé son sandwich lorsqu'un petit bonhomme s'assit à côté de lui. Il portait un imperméable bleu et un cartable sur son dos. Il le regarda un instant manger, puis, sans avertissement aucun, il lui demanda :
- Pourquoi le chat sait-il ronronner ?

Il aurait pu lui répondre en lui racontant les vibrations des cordes vocales lors de la contraction des muscles du larynx. Il aurait pu lui dire comment les cavités respiratoires agissent en amplificateur. Il aurait aussi pu évoquer la présence de deux organes vibratoires situés derrière les cordes vocales. Il aurait pu.

Et il aurait certainement eu raison de lui faire part du fait que finalement personne n'est vraiment sûr, pourquoi les chats ronronnent, qu'il s'agit là d'émotions sûrement, d'une sorte de chant, un moyen d'expression. Et puis il a regardé au loin le vol de quelques oiseaux, écouté le murmure des histoires qui se promenaient dans le parc, vu les gens et leur couleur. Et puis, après un instant de réflexion, il l'a regardé et lui a répondu de la manière la plus simple qui soit:

- Parce que tu es gentil avec lui. Il sait ronronner parce que tu es gentil avec lui. C'est sa façon de te remercier.

Il vit deux yeux qui l'étudièrent d'une manière intense pendant quelques secondes. Puis l'enfant regarda au loin, vit les oiseaux, entendit le murmure des passants et aperçut leur couleur. Il le regarda à nouveau. Puis il se leva et en partant, lui dit sur un ton des plus sincères :

- T'es pas net, toi !

Oh non, et ça fait bien longtemps que je ne lis plus le journal non plus. Peut-être trop longtemps d'ailleurs !

Et sur son banc il a souri.

Épilogue : Pierrot et la Lune

Pierrot, avant d'habiter la lune, était mortel comme chacun de nous. Ou plutôt presque comme nous. En effet, il souffrait d'une grande solitude depuis que Pierrette était partie. Alors il venait boire un verre ou deux, le soir tombant, en hiver vers les seize heures déjà, en été un peu plus tard. Tout le monde l'aimait bien, Pierrot, surtout le bistrot qui, du haut de sa bonté, lui offrait un verre ou deux, lorsqu'il restait jusqu'à la fermeture. Il sortait alors une bouteille de rouge, deux grands verres, les posait sur la table et, avant d'ouvrir la bouteille et de verser, commençait systématiquement la conversation avec la même phrase :

- Des nouvelles de Pierrette ?

Ce n'était point de la méchanceté, comme vous pourriez éventuellement le croire, mais une réelle affection que portait l'intendant à Pierrot. Il l'avait connu tout petit, avait aussi connu Pierrette et savait tout l'amour que celui-ci lui portait. Mais comme tout homme un peu bourru et mal élevé, il ne savait comment exprimer la tendresse.

Alors ils restaient là, à regarder le clair de lune entrer par la porte ouverte et écoutaient les bruits de leur souvenir. Parfois ils parlaient, parfois pas. Cela n'avait guère d'importance.

Faut dire que les années commençaient à se voir. Pierrot avait le dos plus voûté qu'autrefois et les idées bien moins claires. À la question pourquoi la lune, il répondait, non sans passablement de malice dans le regard :

Pour avoir beaucoup de distance entre moi et moi et beaucoup moins entre Pierrette et moi. Un jour je vais de toute façon m'en approcher, non ?

Il y eut ainsi un printemps, un été et un automne. Puis l'hiver approcha et le froid s'immisça entre les sentiments.
- Je me fais vieux. Il est temps de partir bientôt, dit Pierrot un soir.
- Ne dis pas de bêtises, Pierrot ! Avec qui vais-je boire mon dernier verre si tu n'es plus là ?

Mais le temps fit son œuvre et Pierrot l'avait bien pressenti : un jour de novembre il partit, dans son sommeil, une pleine lune à la fenêtre.

Où était-il parti ? Rejoindre la lune probablement. Car ce qu'il disait était toujours vrai. On se souviendra encore longtemps de Pierrot par ici, c'est sûr.

Et parfois on le voit, lorsque le ciel est clair, assis sur un croissant de lune, les jambes dans le vide, à contempler les étoiles.

TABLE DES HISTOIRES

REMERCIEMENTS

À Nathalie et mon papa pour les corrections, les encouragements et les conseils ;

à Virginie Jardin pour son aide précieuse, son sens littéraire et son temps ;

à Jacqueline Kelen à qui je dois le titre de ce recueil ;

à Cécile Eyen pour cette belle collaboration et les magnifiques illustrations ;

et à César pour avoir été le chat qui m'a parlé en premier de ce livre, où qu'il soit à présent…

Merci !

CITATIONS

Les citations *en italique* d'Ari le chat proviennent des
œuvres d'Aristote :

- Éthique à Nicomaque (Flammarion, 2002)

- La Métaphysique (Pocket, 1992)

- Poétique (Les belles Lettres)

- La politique (Hermann, 1996)

- Petit traité d'histoire naturelle (Flammarion, 2000)

- Rhétorique (Gallimard, 1998)

... et du livre de Howard Hair :

- Pour l'éthique ? (L'Harmattan, 2003)

RETROUVEZ ARISTOTE DANS

Jean-Pascal Ansermoz

Patte bleue
et autres histoires
de quartier

Les nouvelles aventures
d'Aristote

ISBN 978-2-81061-584-1

Format 14,8x21 (A5)
8 illustrations au crayon